褪色的我與染上夕色的妳

九色曼荼羅遊戲

作者 M.S.Zenky
插畫 寿なし子

目錄

序章

我深切地期待高中生活——從小時候遇到那位使我喜歡上畫畫的人開始。

那是剛讀小學時的事了。

入學前的夏天，家裡大掃除時發現了外公遺留的實木畫架。

畫架上纏著蜘蛛網、布滿厚重灰塵，但在我眼中它卻閃耀著無比光芒。

就算插梢固定在最低處，任憑當時的我再怎麼踮起腳尖，也觸摸不到畫板頂端。

使用這副畫架對我的年齡來說顯然太早了，紅嬸還是放下所有家事，騰出一整天的時間為我整理。

她細心除去髒污，檢查是否存在可能割傷我的木屑，最後抹上天然的蜂蠟護木漆，並且在倉庫深處找到木畫板配成一套，更差遣藍叔為我帶回一組包含畫筆與顏料的水彩用具，以及一包有著細細紋路的進口水彩紙。

直到現在，我依然記得緊緊抱著這些寶物時，第一次感覺到自己的心臟竟然能跳動得如此強而有力。

幾個月後，我人生第一幅完整畫作幸運獲得全國美術比賽大獎。

頒獎典禮暨畫展開幕的那天，我捧著獎狀傻乎乎站在自己的作品前，許多人向我道賀、跟我握手、與我和我的作品一起拍照，彷彿「我」也是其中一項展品，而他們對於「我」的興趣遠比我的「作品」還要高。

「好強烈又美麗的顏色啊！你就是這幅畫的作者嗎？」

當西裝筆挺與掛滿珠寶的大人們浩浩蕩蕩走向別的展品時，我被一個興奮但溫柔的聲音喊住了。

是位穿著簡單白襯衫和藍色牛仔褲的男性，看起來比那些輪流與我拍照後便匆匆離開的大人年輕不少。他急著和我說話，目光未曾離開我身後的畫。

「多麼奔放的流動性筆觸！多麼具衝擊性的層次！小小年紀居然能做到如此……」

當時的我聽不太懂他在說什麼，但那張臉像是發現了什麼寶藏般地喜悅，他發自內心的真誠令我羞紅了臉。

「同學！」

他突然轉身蹲下，大大的手緊緊握住我的肩膀。

「請你一定要來我們學校！加入我指導的美術社！」

「美術社？」

「沒錯！私立露草高級中學美術社！請你務必要成我們學校、成為我的學生——」

後續這名年輕男子又說了很多很多，但我什麼都沒記住、什麼也想不起來了，他或許說了他的名字，或許再次重述我的作品是多麼地特別……

不過，忘卻再多的言語，唯獨他閃爍光芒的晶亮眼眸。

我一輩子也忘不了。

CASE 01

錢仙之名神秘事件

第一章　渲上夕陽的少女

「心譽、心譽——」

呼喊遠得像從山谷的另一端幽幽傳來，一層朦朧的膜包覆我，所有感官變得遲鈍，就連內側的時間與空氣都靜止了。

「——尹心譽！」

驚人的音量帶著飽滿的頻率，像把長矛不偏不倚貫穿我的耳膜。

我在黑暗中睜開眼，夏季尾聲的午陽明晃晃映入眼簾，世界頓時明亮。

「叫你老半天都不理人！」

光線透過窗戶，在育熙身上灑下動人光影，如潑墨時特意留下的花白，充滿靈動的呼吸感。

可惜眼前的女孩正怒氣沖沖瞪著我。

即便她精心照料的蜜糖色長髮打理成再浪漫的捲度，臉上偷畫的妝容是多麼淡薄，這都取代不了——像隻狒狒爬上爬下、高舉掃把追著隔壁班男生到處跑的兒時回憶。

「你沒事吧？黑眼圈嚇死人了！又熬夜畫畫了？」

育熙的情緒來得快去得也快，上一秒還在生氣，現在又變得憂心忡忡。

「……沒有。」

我不自在地撇開頭。

「還說沒有！不是熬夜怎麼可能憔悴成這個樣子？」

就算不盯著她，我也感覺得到她的視線。育熙正像校門口的紅外線測溫儀一樣，仔細掃視我與我的座位，然後，停在我交疊的手臂與桌面之間。

「這是什麼？讓我看看！」

「等、等等——」

來不及制止，她已經抽走那本我刻意遮擋的數學筆記本。

我尷尬地捂著臉，雙頰漸漸發燙。

「咦？心譽，你是在臨摹嗎？」

「什、什麼？」

「這有點像幾年前新聞報導過、賣出天價的畫耶。」

我透過指縫觀察育熙的反應，她皺著眉，就像過去每次看我的作品時一樣，認真緊盯筆記本上的塗鴉。

「在網路上也很紅啊，大家不是畫黑板模仿，就是跟你一樣隨便在紙上亂畫，一個個都說自己的大作也能拍賣好幾億。」

育熙抬起頭，做了裸色光療的食指在空中不停繞著圈。

「妳是說……美國藝術家塞．湯伯利（註1）的《黑板》系列嗎？」

腦海浮現鉛灰色的牆面上無數交疊的連續圈圈，像繪畫又像書寫，像是潦草卻又有著方向性，像是千篇一律的圓卻又各不相同，像是情緒、意識、符號、又像是紀實。

「我也不知道，大概是吧。」

育熙不置可否地聳聳肩，將筆記本遞回給我。

印著淺灰橫線的米色道林紙布滿無數鋼珠筆墨跡，一層又一層地畫圈、交疊、纏繞，繁複而混亂，既沒有湯伯利的靈活童趣，也不見他的狂野率性。

價值台幣二十三億的名作與我之間最大的差異在於——湯伯利知道自己在「畫」，即使坐在朋友的肩膀上移動，高舉手臂也要繪製心中輝映出的作品。

而我，不知道自己在做什麼，甚至不曉得自己是在什麼時候、何種狀態下塗出那片亂七八糟的東西。

「不過，心譽，我還是喜歡你那些五顏六色、繽紛到不行的畫唷。」

育熙拉開我前面座位的椅子坐了下來，她雖然微笑著，卻流露出一絲憂慮。

「跟我說說吧——發生什麼事了？」

關心像個咒語，撬開心裡深鎖的恐懼。

我不發一語地闔上筆記本，盡可能放空，不願回想，畫面卻擅自浮現……

黑暗的長廊，深不見底的盡頭輕易吞沒勇氣與理智，在視覺最無用的時刻，其他感官變得異常敏銳，鼓膜警戒地顫慄著，鼻間嗅得陌生的腐朽，口乾舌燥，肌膚冷冽乾燥，卻又沾染因害怕滲出的汗水而漸漸黏膩。

從畫室回臥室的路途變得好漫長，眼角像隨時都有黑影閃過，明明只要定睛一看，就會知道那是壁燈製造出的陰影。

當我好不容易拖著步伐來到臥室門前，終於解脫地扭動門把、推開門時——

「心譽、心譽！」

註1：塞．湯伯利（Edwin Parker "Cy" Twombly），美國當代畫家、雕塑家和攝影師，其代表作《無題，紐約市》（Untitled, New York City），2015年時於紐約蘇富比（Sotheby's）戰後與當代藝術拍賣會以7050萬美元（約23億臺幣）拍出。其《無題》畫作充滿白色連續圈圈，被稱為「黑板」（Blackboard）系列。

溫熱的掌心握住我冰冷的手腕，我回過神來，明確地感覺到自己坐在一年愛班的教室裡，時間是下午兩點的下課時間，窗外傳來同學跑跳吆喝的聲音。

「你最近是不是做了什麼不好的事？」育熙正色問道。

「——不好的事？」

「或是去了什麼不好的地方？做了什麼白目的事？」

「白目？我又不是妳……」

「尹心譽！」她的嗓音變得更加高亢：「我不是在開玩笑！給我認真想想！」

「認真想想嗎……」

我苦惱地搔搔頭，努力回想開學以來九月分的行程。

我的生活一向循規蹈矩，高中生涯也才剛開始，除了育熙外，和班上同學還不熟。

「第一天新生訓練，結束後去了美術社，發現沒人就回家了。新生訓練第二天，一樣回家前去美術教室看了看，遇到學姊，留下資料後就直接回家。第三天開學，放學後也去了美術社……」

「上學途中呢？放學回家的路上呢？」

育熙咄咄逼人地問著。

路過的同學若不知道育熙和我的關係，聽到我們的對話，恐怕會以為育熙是熱愛調查交往對象行蹤的焦慮少女。

實際上，黃育熙是我幼兒園就認識的青梅竹馬，小學、中學到現在升上高中，一路很巧地都是同班同學。

育熙個性雖然風風火火，從小到大都是她在照顧我，我被欺負時，她總一馬當先跳出來揍人，我被嘲笑時，她也是第一個站出來，把所有人都臭罵了一頓。

「上下學都是藍叔接送，我不可能隨便亂跑。」

「回家後呢？假日呢？」

「在家裡畫畫。」

育熙沉默了，她嘟起嘴沉思了一會兒。

「你要想清楚唷，我感覺你的情況很不單純。」

我緊張地嚥了口口水，隱約猜得出育熙要說的話——

「心譽，你應該是卡到了。」

「卡、卡到？」

育熙壓低音量，正經八百地點頭。

「嗯，卡到陰。」

「什——什麼？」

我慌張地左顧右盼。

麻瓜如我，除了教室後方的櫃子和拆個精光的布置背板外，只看得到清爽的空氣。

「所以說，我才會問你記不記得去過哪裡嘛。」

「育熙，妳什麼時候……變成通靈人的？」

「啊？」她不耐煩地皺眉，指著我的鼻子糾正：「我才不是通靈人！這只是依照常理推斷罷了。」

「卡到陰算常理推斷嗎？」

「你真的沒去過什麼──墳墓啦、殯儀館啦，或是路上撞見車禍、喪事等──任何會招惹好兄弟的地方嗎？」

仍在錯愕中的我搖搖頭。

育熙陷入苦惱，一邊思索，右手一邊探向百褶裙口袋。

她輕巧地將點綴著星辰的湛藍卡牌放在我桌上。

「只好抽牌了。」

「育熙果然成為通靈人了……」

「──就說了不是！」

育熙沒好氣地反駁，她開始洗牌。

「到底對塔羅牌有什麼誤解啊？」

我不太確定育熙是什麼時候開始隨身攜帶塔羅牌的，可能是六年級、也可能是七年級，總之，在她會占卜後，那些拳打腳踢的行為漸漸少了，她座位開始圍著一群女生，嘰嘰喳喳算個沒完。

「某些塔羅占卜師可能真的有特異功能，養小鬼、天眼通、催眠……但也有塔羅占卜師就只是為了助人而已，類似心理諮商那樣，只不過使用的道具是塔羅牌。牌面繪製的圖樣反映我們的潛意識，塔羅師協助對方整理思緒，找到解決困難的方法。」

「所以妳是——」

「百分之百純種麻瓜，屬於後者唷。」

卡牌攤成扇形，育熙的手肘撐在桌上，十指交疊於唇前。

然後，凝視著我。

「請隨意抽三張牌。」

我依照指示，指尖懸空掃過七十八張牌，迅速揀了三枚，育熙替我揭開牌面。

左手邊第一張畫著高舉棒狀物、身披紅色外罩的白衣男子，頭頂浮著代表「無限」的符號，他站在像是花園的地方，玫瑰與百合盛開。男子前面的木桌擺了一把劍、一個高腳杯、一只畫著星星的圓盤、以及「又」一根棒子，而這張牌是上下顛倒的，下方印著號碼I，上方則是——

「魔術師逆位。」育熙的眉頭又皺了起來，「看看第二張。」

中間的牌同樣是顛倒的，也畫著一個人物，和簡單的白衣男子不同，他穿著色彩斑爛、花樣繁複的服裝，寬袖隨風揚起，還戴了帽子、擔著包袱、手捧白玫瑰，站在豔陽高照的懸崖上，腳邊有隻兩腳躍起的白色小狗，牌面數字是0。

「愚者逆位。」

育熙搖搖頭，第三張終於是正向的了，但她表情依然凝重。

「The High Priestess，女祭司。」

「……大師，我還有救嗎？」

育熙瞪了我一眼，隨後繼續以我不習慣的聲線說著。

「第一張我會解釋為過去發生的事與原因，第二張則代表當下的狀況，第三張——」

「我遇到魔術師了嗎？有人對我施法嗎？」

「噓！我們時間有限。」育熙沉聲問：「你什麼時候察覺不對勁的？」

「應該是週末在家的時候吧，週六畫了整天的靜物，晚餐後本想繼續……」

一想起當時的場景，身體不由自主地打起哆嗦，無法繼續說下去。

「看來關鍵是星期五了。星期五太陽下山前後你在哪裡？」

「應該……也是在車上……啊！」

——我想起來了。

也許，正因為毛骨悚然，我才不斷忽略這件事。

「怎麼了？」育熙的聲音壓得更低了，「想到什麼了？」

「我、一樣在回家前，去了趟美術社。」

開學第一個月，由於招攬新生的社團博覽會尚未舉辦，美術社自然也沒有任何活動，不過社辦就像大家的秘密基地，學長姊放學總三三兩兩聚在教室裡，偶爾討論招生事宜，但大部分時間都在閒聊，聊暑假看了什麼展、去了哪些國家、畫了什麼作品。

只有上週五不太一樣，可能隔天週末之故，放學聚集在美術教室的社員包含我在內只剩五人，能聊的前幾天都聊了，大家面面相覷，大眼瞪小眼，場面有些尷尬。

於是，有人提議來玩最近流行的小遊戲。

「育熙……妳聽過我們學校流傳一個奇怪的遊戲嗎？」

我也壓低音量，身體往前傾，盡可能靠向她。

聽到關鍵字，育熙的眼睛猛地瞪圓，我差點以為她要起身揍我，但她忍住了，她既氣憤又無奈地看看我、再看看桌上三張牌，不停搖頭。

「——你在美術社玩『錢仙之名』？」

我怯生生地點點頭，育熙看起來氣到要昏過去了。

「你不知道暑輔時，就有三年級學長姊玩到出事嗎？」

「我是新生啊……」

暑期輔導發生的事，我怎麼可能聽說過？

「帶你玩的那些學長姊不知道嗎？」

「她們……就想玩嘛，可能……不知道？」

「嗚啊啊啊！氣死我了！尹心譽！」

鐘聲無情響起，育熙眼明手快地回收塔羅牌，我趕緊按住我抽到的魔術師、愚者和女祭司。

「放開！」

「大師，妳還沒解讀啊。」

「不解了，不解了，卡陰是你自找的！你自己看是要上教堂還是找間廟處理吧！」

育熙毫不留情地收走那三張牌，起身準備回座。

「育熙——」

「聽著，心譽。」育熙的右手中指與食指夾著愚者牌，她沒好氣地說：「這張愚者就是你——天真、愚蠢、魯莽，自己招惹危險上身還不自知，名副其實的大、傻、瓜。」

「育熙大大，對不起嘛，那天學姊說要玩，我實在不好意思拒絕……」

「你可以直接離開呀！說臨時有事要回家啊！明明拒絕的方法那麼多！你一個都不試！」

「拜託，育熙大大，救救我……」

我伸手拉拉育熙的裙襬，她的眼睛瞪得更大了。

此時班上同學都已經回到位置上，坐在我前面的男同學目光曖昧地在我們倆之間打轉，真想告訴他事情不是他想的那樣。

「去找她吧。」

在英文老師走進教室前，育熙拗不過我的苦苦哀求，竟然將女祭司牌遞給我。

我鬆開抓住裙子的手，慎重地接過那張牌。

「我們學校有女祭司？」

「星期三的魔女。」育熙沒好氣地說：「這是露高最近出現的另一則傳聞，我只知道這些，剩下的心響就自己想辦法吧！」

育熙氣沖沖走回座位，英文老師也正好踏上講台。

獨留在我手中的女祭司一身雪白，她握著一紙卷軸，端坐在石凳上。兩旁的石柱一黑一白，中央拉起的帷幕繪有棕櫚的綠葉與石榴的果實，腳邊躺臥一輪月亮。

女祭司和魔術師與愚者的色調截然不同，牌面籠罩著靜謐如湖水的淡藍，她的長袍卻如溪水傾瀉，所有深不可測的秘密都被藏在平靜的水面之下。

在班長以英文喊著「起立」、「立正」、「敬禮」時，我鞠了躬，低下頭，心中默默覆述育熙留給我的線索。

——星期三的魔女。

每個月第三個星期三下午三點的下課時間，只要隻身一人來到校園邊陲地帶、某間空無一人的教室，就能見到一名凜凜端坐於窗邊的少女。

據說，少女絕頂聰明，更是某位名偵探之後。

凡是於短短十分鐘內讀畢她給予的一紙說明書，她便會接下委託，為煩惱之人解開所有難題。

——這就是流傳於初秋的露草高中，與「錢仙之名」齊名的「星期三的魔女」。

縱使育熙信誓旦旦地提出建議，我還是半信半疑。

在校內稍微打聽，同級生間確實流傳著這則傳聞，但大家的說詞都大同小異，稍微再詳細的內容就有點奇怪。

有人繪聲繪影地說她是名偵探的後代，可我從沒聽說台灣出過一個半個名偵探；還有人說她不是誰的後代，而是本身宛如自古典解謎小說走出來的安樂椅神探；更有人說她其實是靈媒，能讓靈體附身來解決各種疑難雜症……然而，沒有人說得出她到底會在哪間教室現身。

看來謠言不可盡信，何況是這類曖昧不清、誇飾過頭、難以查證的傳聞。

「星期三的魔女？知道啊，這在我國中很有名欸。」

手中的素描筆滑落，幸好掉在大腿上，不至於摔斷筆芯。

——我只是隨口問問啊……

「你以前的國中？」

歐思凱手握炭筆，一會兒在紙上抹下黑影，一會兒推推不停滑下鼻梁的大框眼鏡，導致臉上沾了一堆炭粉，他總能邊畫邊聽我說話，並不時給予回應。

「我是雀茶國中畢業的喔，『星期三的魔女』在雀中也傳了兩三年吧？」

「那不是露高的校園怪談嗎？」

「喂！什麼怪談！不可對魔女不敬啊！她當年解開困擾了全校師生整整半學期的『模擬考盜卷俠謎團』呢！」

「這取名品味……」

「還有雀中創校以來最離奇、最血腥、最兇殘的『連續殺狗魔事件』！破案前校內可是狗心惶惶、狗狗自危啊！啊！還有破解影響超級大的『營養午餐變難吃』之謎！」

除了殺狗有點嚇人外，另外幾件實在不像魔女該插手的事啊。

「所以，魔女真的存在？」

「當然！」

炭筆用力唰唰兩聲畫下，應和著歐思凱斬釘截鐵的語氣。

「你見過她嗎？」

「怎麼可能？那是魔女耶，又不是路邊歐巴桑。」

他忙著在紙上塗上一大片又黑又濃的色塊，彷彿映照出我腦中的混沌。

「不過啊，既然傳聞都流行到露高了，這或許透露出魔女不為人知的秘密唷。」

歐思凱那張被炭灰抹出貓鬍子的臉，正經八百地看著自己的畫作。

「什、什麼秘密？」我抿薄雙唇，防止失禮地笑出聲。

「就是女人的秘密啊——魔女的年紀！」

我頓時明白他的意思了。

「也就是說啊，魔女跟我一樣，從雀中學生變成露高的學生了！」

這或許是非常重要的線索，歐思凱的想法雖然有些跳躍，但從他提供的資訊來看——撇除轉學的可能性，「星期三的魔女」有很大的機率和我們一樣是高一生。

露草中學高中部一到三年級以忠、孝、仁、愛、信、義、和、平八字分班，教室以行政大樓與中庭為界，依序分布在兩側對望的校舍，東西棟一樓各有四個高一班。

看來我大可在傳聞說的時間點跑遍八間教室來驗證了，只要謠言為真，就能憑著自己的雙腳撞見魔女了吧？

「欸，尹心譽，你為什麼要找『星期三的魔女』啊？」歐思凱靠了過來，「遇到什麼麻煩嗎——哇！你畫的這個是……」

時節走到九月下旬，社團活動紛紛步上軌道。

露高每週三下午五六節是校方表定的社團活動時間，九月中所有的一年級新生都選定了社團，我們美術社全體終於能一起在美術教室畫畫了。第一個月社長安排了石膏像素描，可以選擇使用素描鉛筆或是炭筆，必須在兩週四堂的社課完成，我便從家裡帶來用慣的輝柏綠盒。

「嗯？」

我不解地望著歐思凱，他嘴巴張得好大，像受到極大的驚嚇。

「尹心譽，我們……畫的是同個胸像吧？」

我們這組分派到席克石膏像（註2），我看了看歐思凱黑壓壓的習作，他可能不太習慣炭筆，畫面略嫌髒濁。

我回過頭，望向自己的畫架。

第一眼，我其實不確定這是不是自己畫的。

我慣用的素描鉛筆是十二入，從2H到8B（註3），常見的綠色藝術家級，較常用的大概就是HB、B、2B，墨色再深頂多用到4B而已。

此刻眼前展開的畫面，卻遠比歐思凱的炭筆畫還要漆黑。

纖細的石墨平行排列、交錯編織，縝密地形成一大片衝擊性十足的色塊，絲毫看不出習作的範本是全臉毛髮鬈曲、神色堅毅的《馬賽曲（註4）》戰士，一切已無關乎寫實，整張紙已失去清白，黝黑濃墨狂野地往右上方揮灑，猶如燃燒著失色的熊熊烈火。

理當是席克五官的中心位置，被最為深沉厚重的黑暗覆蓋，但也唯獨這裡保留了一點紙張的原色，蹙眉的沉著眼神被空洞的留白取代，美髯下不再是為自由而戰的呼喚，而是柴郡貓似的蒼白笑容。

我緊握住大腿上的素描筆，這才發現這枝2B只剩一半長度，我的腳下全是削筆的木屑。

「學弟，我說了這堂是素描練習。」

清脆響亮的腳步聲在我身後停止，取而代之的是社長的嗓音。

我慌張轉身，試圖說些什麼，但一看見那張冷豔的容貌，所有話都硬生生吞了回去。

「想要創作，放學再畫。」

高挑的她舉手投足間不帶一絲遲疑，伸手取走了貼著那幅「東西」的畫板，然後頭也不回走向黑板後的儲藏室。

歐思凱扮了個滑稽的笑臉，他不再說話，繼續埋首於自己的畫作。

手足無措的我環顧同畫席克像的另外六位社員，大家專注地振著素描筆，教室裡只聽得見筆尖與紙張摩擦的沙沙聲。

註2：常見的石膏座像之一，出自法國巴黎凱旋門上的大型浮雕《出征》（Le Départ de 1792，亦名《馬賽曲》），為19世紀初法國雕刻家呂德（François Rude）代表作。

註3：鉛筆依照筆芯的軟硬度分不同種類，並有歐規、美規、日規等差異。筆芯較軟為B，數字愈大愈柔軟，顏色也愈濃郁；筆芯較硬、愈難折斷為H，可繪製清晰的線條，顏色相對較淺。

註4：La Marseillaise，法國國歌，又譯為《馬賽進行曲》。

鞋跟敲擊地面的聲音再次響起，社長從儲藏室走了出來，先是睨了我一眼，隨後昂首對美術社全體宣告。

「你們還有二十分鐘的時間，下課前活動長和公關長要報告第一次社遊相關事項，請各位掌握好進度。」

眾人振筆的速度跟著加快，我隱約聽到歐思凱喃喃抱怨著什麼。

社長又來到我的身旁，修長的手輕輕搭上我的肩膀。

「學弟，剩下的時間看你是要再畫一張，或是，提早離開。」

她小聲在我耳畔說道，我感覺到一股無形壓力。

「學姊，那……」我將短短的２B鉛筆收進盒子，帶著歉意微微一笑，「我就先回班上了。」

社長點點頭，優雅地對我擺擺手。

我簡直是落荒而逃。

⬟

金燦燦的陽光灑落，為校園染上整片如菊盛開般的承和黃（註5）。

入秋以後，我常覺得正午的日照看起來像下午三點，而下午三點的太陽則有著斜曛的色彩與溫度。

時近重陽節，高彩度的富麗感漸漸被轉變的季風吹得蕭瑟。

即使如此，當我走下綜合活動大樓前的臺階，走進日光時，身體還是立刻被舒適的暖意充滿安全感地環抱住。

秋陽彷彿能淨化所有污濁，使我不再在意筆下畫出的「東西」。

——我不知道自己怎麼了。

自從育熙說我「卡到」後……不，其實從我在家中畫室察覺到「某個東西」存在之後，我似乎很容易恍神。當我回過神，桌上的紙張、眼前的畫布，總會充斥一團又一團漆黑繁雜的線段或色塊，我始終不敢相信這些「東西」是我親手畫出來的。

我不敢讓紅嬸看到那些奇怪的畫，它們和我過去的作品與塗鴉截然不同，既不鮮豔也不繽紛，我把它們全帶到學校，偷偷扔進資源回收場。

我也發現自己不像平時那樣，能恣意調配出眼睛與腦海見到的色彩。在家時，偶爾

註5：承和色（そがいろ），日本傳統色之一，為平安時代初期仁明天皇喜愛的菊花之黃，故以其年號為名。

還能畫上幾張靜物素描，也故意以素描蔬果餐具作藉口，刻意閃避我的畫室，硬是賴在紅嬸常走動的餐廳與廚房附近。

——我真不知道自己到底怎麼了。

真的是不小心招惹上神秘力量嗎？但遠離家中畫室後，異樣感似乎又消失了，窩在餐廳描繪的蔬果，也不會變成一團難吃的黑影。

——直到剛才畫出那樣的席克。

我甩甩頭，雙手拍拍臉頰，試圖打起精神。

「……應該不像逃跑吧？」

社長拋出的選項，我竟然選了第二個。

本以為自己還有勇氣，能夠再次面對無生命的石膏像，認真寫實地描繪它。

但是，我卻收拾好畫具，選擇了離開。

仰起頭，暖陽輕柔地落在我的眉心。

——不對，我不是逃跑。

我必須讓早退，擁有相應的價值。

我在陽光的簇擁下回到植栽茂盛的中庭，行政大樓巍然屹立在正前方，左右側對稱的小徑分別通往東西兩棟校舍。

——今天正是九月的第三個星期三。

這也是我會和歐思凱聊起「星期三的魔女」的原因之一，雖然對獲得新的資訊不抱希望，卻沒料到歐思凱還真提供了有用的線索。

如果他說的都是真的，如果我們的推測沒錯，那在這天賜的十幾分鐘內，我或許可以在下午三點左右，找到「魔女」所在的教室。

豪不猶豫地，雙腳往平時從未經過的另一棟校舍走去。

假設「星期三的魔女」是高一生，那在我四處打探的時候，應該能獲得其他更有用的資訊，偏偏大家的說詞總相差無幾。

仔細想想，我在尋找蛛絲馬跡時不是詢問班上同學，就是耗費了不少的時間與力氣，滿懷羞恥地在走廊搭訕經過愛班教室的隔壁班同學，此外也頂多在樓梯口攔下兩三位學長姊而已。

我從來沒有問過另一棟的同學，一位也沒有。

如此一來，需要確認的班級就只剩下信、義、和、平四個了。

我走到一年平班的教室外，大門深鎖，裡面空無一人。

每間教室的前後門牆邊都掛著一週課表，星期三是固定的社團時間，除了高三考生外，高一與高二全體學生都必須到各社指定活動地點度過午後的兩堂課。

平班接下來的第七堂課是數學，他們的數學老師同時是班導師，在露高以嚴厲、「不說笑話」還有「當人」聞名，相信平班同學絕對會為了趕上數學課，不惜早退也要提前回教室。這樣的課表安排，就算是聰明絕頂的魔女，也不會想在星期三下午三點接受任何委託吧？

我慢慢走到和班的課表前，他們下一堂是英文課。

學科課程通常具有同樣的問題，據說本校主科老師特別喜歡在社團活動後安排小考，晚進教室意味著比別人少掉好幾分鐘的應試時間。我總覺得，凡是週三第七堂是國英數三科的班級，存在著「魔女」的可能性微乎其微。

世界上不會有學校喜歡學生流傳校園怪談的，更何況是號稱能為學生解決難題，甚至冠上「魔女」名號的怪談。如果接受學生委託是「魔女」的首要目的，她應該不希望影響到校方觀感與運作。

我看向一年義班的教室，課表上印著「化學」。

每個學期，化學課只有一半的時間會前往綜合活動大樓的化學教室做實驗，或許是覺得學生在化學教室上課容易不專心吧，另有大半的時間留在原教室，正襟危坐地看老師寫著複雜的元素符號與化學式。

目前看來，魔女就讀一年義班的可能性是高於平班與和班。

我停下腳步，瞪大眼睛，認真掃視義班教室內的每個角落。除了書包、外套、忘記收好的課本與文具外，裡面就跟其他班級一樣，杳無人煙。

莫非魔女也熱衷社團嗎？一定要三點的鐘聲響起時才會現身嗎？

如果魔女的社團地點也遠在綜合大樓，那她根本不可能滿足傳聞中的條件吧？難不成她會瞬間移動的魔法？

我一邊胡思亂想，一邊忐忑不安地走向最後一間教室。

一年信班。

以地理位置來說，一年信班十分符合傳聞。教室位在走廊的最尾端，地處偏遠，無論離合作社、綜合活動大樓還是校門口，都是最遠的一間，正是謠言描述的「校園邊陲地帶」。

我站在藍色的壓克力班牌下，迅速瀏覽信班的課表。

——我幾乎相信這就是標準答案了。

信班每星期三的第七堂課是眾人心目中最完美夢幻的安排：體育課。

我可以輕易想像，信班的同學絕對是午休時間就換好運動服，午後直接穿去參加社團活動，社課結束再衝向操場或是體育館，說不定有人直接背著書包去了，根本不打算再回教室，換上制服，儀容端莊地走出校門。

能夠分配到如此夢寐以求的課表，真的是三生有幸，此時此刻教室裡，怎麼可能還有學生逗留呢？

我有些狐疑地挨近窗戶，悄悄窺探安靜無聲的教室。

裡頭果然一個書包也不剩，課桌椅彷彿因為大家過於興奮而撞得歪斜，靠走廊的窗戶也全部緊閉，上了鎖。

我目不轉睛地，一個窗戶、一個窗戶地望著。

窗框的影子隨著腳步，一節一節與光線輪流照在我身上。

然後，我屏住了呼吸。

西斜的暖陽為寂然的信班渲染上均勻的橙色。

在教室最後一排內側，靠窗的位置，一名纖細的長髮少女乘著滿室斜陽，高坐於課桌之上。

從那裡看出去，可以看見校園另一側的大操場。

神色淡然的少女靜靜地眺望著，像對任何事情都不感興趣似，彷彿下一堂鐘聲響起時，她依然會維持這個姿態，百無聊賴地遠望操場上極力奔跑、歌頌青春的同班同學。

——就是她嗎？

右手停在後門門板上，就差那麼一步，我竟然遲疑了。
——如果不是她怎麼辦？
——如果她解決不了我的問題怎麼辦？
我深吸口氣，想起畫室裡的「存在」、想起筆下的那些「東西」，布滿手汗的拳頭還是在門板上敲了三下。
「請進。」
門內傳來女孩子的聲音。
我推開門，走了進去。
課桌上的少女仰著下巴，目光凜然地看向我。
她有雙雀茶色的明亮杏眼，在精緻小巧的臉蛋上是個略嫌搶眼的存在，櫻色的唇瓣不帶一絲笑意。
「請問……」我小心翼翼地開口。
——妳就是「星期三的魔女」嗎？
「早到也一樣只有十分鐘。」
問題還沒說出口，她便似笑非笑地遞上一張紙，我傻愣愣地接下。
是常見的八十磅影印紙，紙張沒有半點摺痕，嶄新而光滑。

「請在時限內詳讀完畢。」

——我不曉得她是否絕頂聰明，但她顯然絕頂美麗。

這就是曾萁藹與我的初次見面。

那時我們都不知道，就因為這尋常且倏忽即逝的短短十分鐘。

我們竟改變了彼此的未來。

第二章　十分鐘奇譚

在我接過那張紙後，她不慌不忙地從裙子口袋掏出玫瑰金的手機。

蔥白似的手指輕巧點擊螢幕，點選完畢，便隨性放置一旁。我小心謹慎地控制視線，深怕被誤會成在偷看她的腿……

「已經開始計時了。」

指尖敲敲桌面，她柔聲提醒。

螢幕顯示一行白色數字，最後兩位數迅速跳轉，秒數默默添上一秒。

凡是於短短十分鐘內讀畢她給予的一紙說明書，她便會接下委託，為煩惱之人解開所有難題。

想起關於她的傳聞，這才慌張低頭，看向手中的……說明書？

「咦？」

我瞪大眼睛，認認真真、確確實實上上下下前前後後來來回回看了好幾遍。

「咦……咦？」

凜冽的目光射了過來，薄唇的弧度透露出危險的訊號，我趕緊抬起雙手，用那張「說明書」擋住她的視線。

她沒有說話、沒有採取任何動作，就連姿勢都沒改變，僅僅是細微的臉部表情就足以影響現場氣氛，是因為擁有這種能力才會被稱為「魔女」嗎？

不、不對，我不該再糾結什麼魔女不魔女的了。

她既然給出這張「說明書」，不就證明了——她就是傳聞本身？那接下來，我該做的就只有請她接下委託，麻煩她為煩惱的我解開難題，僅此而已。

但是，為什麼會要求委託人必須「於短短十分鐘內讀畢一紙說明書」呢？更何況這……

這是一張白紙。

是的，「星期三的魔女」親手交付給我的「說明書」，就是一張什麼都沒有的八十磅空白影印紙，上面非但沒有任何的印刷輸出，也沒有半點書寫或塗改的痕跡，就像剛從影印紙包裝中直接抽出來的全新白紙。

——這是惡作劇嗎？

傳聞中的「魔女」，不會是萬聖節時——穿上黑色蓬裙、背著蝙蝠翅膀、一手掃帚、一手南瓜燈——的那種「魔女」吧？

我不敢將紙放下，更不敢讓她發現我腦中盤旋著變裝成小魔女造型、不停掩嘴呵呵竊笑的她。

我稍微側著頭，悄悄越過紙緣，單眼偷瞄她腿邊的手機。

才過了兩分鐘。

短短的一百二十秒，體感卻像一百二十分鐘那樣漫長。

我無法確定接下來該怎麼做，甚至不知道該不該提醒她給了我一張白紙。

也許她真的給錯了？也許，提醒她「嘿！這是一張白紙」、「妳給我白紙做什麼啊」，那張結冰的臉蛋就會綻放笑靨，說不定還會歪頭吐舌裝可愛地驚呼「哎呀我拿錯了」？

可是，萬一「白紙」就是她判斷該不該傾聽求助者委託的準則，一個相當於考驗的存在，我若過於直接地做出理所當然的反應，她是不是就不願意接下委託了？

就如同剛才，我下意識發出兩三聲感嘆，本來還略帶笑意的她，頓時以那雙大眼施展了降低現場氣溫、令人畏懼的「魔法」……

我戰戰兢兢移動白紙，偷偷觀察她的動態。

她恢復成我走進教室前，在走廊上看見的那副興味索然的模樣，儀態端莊卻居高臨下地坐在桌上，絲毫不在乎自己穿著略短的百褶裙，更加橙紅的陽光在她身上暈染開來，像一座以現代媒材塑造成的古典雕像仿作。

敞開的窗戶流進陣陣微風，烏黑長髮輕盈飄動，隱約帶了點似曾相識的花香。

她依然靜靜地看著操場，彷彿我不存在，彷彿不認為我能在規定的十分鐘內達到她的要求。

——十分鐘可以完成哪些事？

可以閉眼小憩、可以聊天說笑、可以演奏一首小品、可以排隊上廁所、可以去隔壁班借課本、可以偷打一局遊戲、可以滑過一百個限時動態、可以抽張塔羅看看今天運勢、可以攔下老師，問上兩個問題。

十分鐘之於我，可以完成一張十六開速寫。

多希望我能立刻拿出畫具，將眼前的景色，一筆一筆謄入手中的白紙。

——十分鐘，足夠作一場美麗的白日夢。

她側過身，指尖再次輕敲手機螢幕，碼錶不多不少地停在：10:00.00

她的左手握著手機，右手背輕輕托著線條柔和的下頷，身軀微微前傾，似乎試圖拉近我們之間的距離，然後，不發一語，直用那雙清澈的瞳仁盯著我。

白紙邊緣被我的指尖捏得皺巴巴的，已經不像她剛遞給我時那樣平整。

「請問……」

我吞了口口水，決定打破這個微妙的氛圍。

「妳給每個人的『說明書』都一樣嗎？」

眉梢一挑，大眼靈動地眨了數下，她終於舒展地微微笑。

「你是第一個問我這種問題的人。」

她饒有興味地看著我，雖然有些壓迫，我盡可能不躲開她的凝視。

「真有趣……大部分有求於我的人，都只在乎他們自己招惹上的麻煩，總是迫不及待將那些無聊事全盤托出。」

那雙眼眸銳利到幾乎要看穿我的腦袋了。

「你都自身難保了，竟然還有心力考慮別人……我就破例一次吧。」

秀氣的左手伸到我的面前，她再次按下計時器。

「請開始闡述你的困境，時間一樣是十分鐘。」

猝不及防，我又再次被迫面對限時十分鐘的考驗。

只是，這次不是無所適從的折磨，而是毫無準備的即席演講。

時間回到九月上旬，我依照入學以來養成的習慣，放學鐘聲一響，便迅速收好書包，快步趕往綜合活動大樓。

私立露草中學包含國中部與高中部，校園占地在都市內算稍微大一點的，中學部使用校區南邊一隅的六層樓L型建築，高中部則有東西兩棟班級樓，科任教室與辦公室所在的行政大樓，社團與術科教室的綜合活動大樓，以及獨立的圖書館。

校內甚至有含游泳池的體育館，跟標準規格的四百公尺跑道，跑道中間是多功能體育場，不過國中部與高中部必須共用。

露高創校時間不像同區的幾所公立高中那樣歷史悠久，但亮眼的大學升學成績吸引了不少家長，我的某些同學從小學一年級開始，目標就是考進中學部再直升高中部。即使學費不菲，每年五六月招生仍搶破了頭，坊間甚至出現專門考進本校的補習班。

我很幸運，小學畢業即入學了，現在順利直升高中部。

這一兩年直升的學生不多，一個年級八個班中大概十人而已。

說來慚愧，我也不是學業成績期期霸榜的資優生，錄取分數是靠美術比賽特殊表現加分加上去的。這也算露高的另一個特色——既是升學導向的高中，在多元表現上的資源與程度更是全市的佼佼者。

露高不像其他學校鼓勵學生花一堆時間玩社團揮灑青春，但是凡攸關全國賽的社團與校隊，如管樂隊、弦樂團、合唱團、籃球隊、田徑隊、排球隊、羽球社、辯論社、書法社、資安社、電競社……實力全都驚人的強悍，年年於全國賽事造成強烈衝擊，獲獎名單不僅在校門口大螢幕上二十四小時輪播，行政大樓穿堂更洋洋灑灑貼滿寫了獲獎者名字的紅紙。

指導教師的專業、家長的支持、大家的血淚與榮耀，幻化成露高人自豪的冠冕，也構築成一零八課綱實行以來，學習歷程上最光彩奪目的紀錄。

我自幼鍾情的露草高中美術社即是其中之一。

從第一次得獎開始，我年年參加全國賽畫展的開幕式，記得高中組獲獎作品幾乎每項都有數張出自露高美術社學長姊之手。

在展場曾聽大人說過，之前曾因為參賽作品逐年遞減，藝教館決議不再區分美術班組與非美術班組，結果該年度高中組特優竟然全被露高美術社拿下。

於是，翌年又恢復成原本的分組了。

我在向學長姊打聽這件事的真偽時，大家極力點頭證實，心神嚮往地稱呼那年成員是「傳說世代」，甚至戲謔地笑稱高中全國賽組別根本該分成「露高美術社內戰組」與「其他」。

我走出校舍包圍的中庭，來到位在操場北側八層樓高的綜合活動大樓，灰白的磁磚外牆被傍晚光線照得閃閃發亮，像極一艘乘載學生夢想的宇宙飛船。

美術社的根據地就在飛船三樓的邊間，我喜歡踩著階梯一層一層向上走，有種腳踏實地使夢想成真的儀式感。

推開美術教室的門時，裡頭出乎意料地只有四個人——社長、兩名二年級學姊，以及一位我沒見過的女生，看她襯衫學號繡線的綠色，應該是三年級學姊。

「學姊好。」

我恭恭敬敬地點頭打招呼，轉身將門關上。

乾燥的涼風徐徐，冷氣一掃室外難受的秋老虎。

「來！快來這邊一起坐！」

初次見面的三年級學姊熱情喊道，並拍了拍她身旁的坐墊。

美術教室非常寬敞，幾乎是一般教室的二到三倍大，一進門就與黑板遠遠對望。黑板右邊的玻璃展示櫃收著石膏像、蠟製蔬果模型與杯盤器皿；黑板左側有扇小門，門後是可以調控氣溫與濕度的儲藏室，除了畫架、畫板、畫框外，也讓社員放置作品。

教室兩側窗邊下方是整排的白色收納櫃，各式各樣的公用畫具、紙張顏料、特殊媒材全都分門別類擺放在左側櫃子裡，社員則能認領右側櫃子自由使用。櫃子檯面上用來放置顏料未乾的畫作或是製作到一半的陶藝作品，也有學長喜歡抱著畫本坐在上頭，看著窗外寫生。

學姊們都坐在進門右手邊的牆角，這塊區域鋪設了淺灰色木紋地墊，放上矮桌、懶骨頭沙發和蓬鬆的抱枕與坐墊，像個溫馨的日系家具展示間。在社團活動正式開始前，學長姊大多時候都賴在這個角落討論事情、吃點心。

「你是新生嗎？」

我剛坐下，那位三年級學姊便急切地問，口氣跟她頰上的雀斑一樣活潑。

「對……」

「他就是尹心譽。」

右前方留著俐落鮑伯頭的芳郁學姊替我回答。

「喔！原來你就是那個尹心譽啊！」

三年級學姊興奮驚呼，單眼皮眼睛骨碌碌地轉動，上下打量著我。

「沒想到本人是溫順小狗狗型的！」

——小、小狗狗？

我無奈地抓抓蓬鬆的頭髮，我的髮色天生比大部分的人淺了許多，從小就常被誤會染過髮，但比喻為動物還是第一次。

場面滿尷尬的，先不說我不認識這位開朗的三年級學姊，另外三位二年級學姊與她也不像相處得來的類型。

社長，古依學姊就坐在我的正對面，她顯然毫無一起活絡氣氛的意思，從她緊緊紮在腦後、梳理得一絲不苟的低馬尾就得以猜測——社長是位對自己與別人都一樣嚴厲的完美主義者。

聽其他學長說，她出身音樂世家，父親是享譽國際的古典鋼琴大師，母親則是國內知名指揮家，但她卻毅然決然拒絕音樂之路，小小年紀便投入繪畫世界，擅長水彩與油畫，曾經拿過幾項亞太區大獎，準備在畢業前夕舉辦個人展，正式進軍藝術市場。坐在社長左右兩側的蘇芳郁學姊與盧徽徽學姊都是她的同班同學。

短髮的芳郁學姊靜物素描能畫得跟照片一模一樣，最近常在窗上貼一堆紙膠帶，然後抱著素描本認真描繪那些看起來沒有區別的膠帶。身兼教學長職務，卻自稱對金工（註6）藝術更有興趣。

捲髮披肩、戴著圓框眼鏡的徽徽學姊是公認的社花，文靜內向卻畫得一手瀟灑寫意（註7）水墨花鳥，同時也是隔壁書法社的狂草（註8）台柱，自幼獨鍾唐代名家張旭（註9），楷書、行書據說也很出色。

「我是三年和班的石漾璟！模擬考放榜後實在太悶，偷偷回來社辦玩耍。」三年級學姊爽朗笑著，露出整排潔白牙齒，「沒想到星期五大家都溜回家了，只抓到三位學妹陪我……」

「學姊，如果沒什麼重要的事，我想走了。」芳郁學姊酷酷地說。

「我……我也要去書法社看一下大家練字……」

「不要這樣嘛！就陪陪我這個可憐的老人嘛！」三年級學姊哭喪著臉握住兩位學妹的手，「妳們星期五還願意來社辦，一定也跟我一樣愛美術社愛得不得了吧！雖然學姊畫技不佳，但是眼光還算不錯唷！這兩年我賭首獎作還沒失準過呢！」

註6：金屬工藝，廣義上指各類金屬從工業製造到個人工藝技術，狹義則特指「手工製造的技藝」，如首飾、銀器、空間裝飾品等。

註7：寫意畫，為水墨畫依技法分類的藝術形式之一，採用簡練的筆法描繪情景事物，融合詩、書、畫、印為一體，特別注重用墨且「意在筆先」，忽略外在形象的逼真，強調內在精神表現。

註8：一種草書，為漢末書法家張芝首創，至唐代張旭、懷素始有流傳，筆勢放縱不拘、多變相連，不易辨識，需靠自身經驗感受領悟。

註9：唐中期書法家，有「草聖」之稱，據傳他酒後靈感來臨時，會激動到以頭髮書寫。傳世作品有《古詩四帖》、《肚痛帖》等。

「學姊的嘴巴向來跟眼光一樣好，以後能成為了不起的藝術品經紀人吧。」

社長突然開口說道，冷豔容顏浮出難得的笑意。

三年級學姊聞言立刻鬆開手，轉而緊緊握住社長修長如鋼琴家般的手指。

「古依學妹！謝謝妳啊！我的心情好多了！嗚嗚，有妳的肯定，我就算大學落榜也沒關係了！」

「……考試還是要好好準備啊。」芳郁學姊忍不住吐槽。

「學姊心情不好，我們還是多留一下吧。」社長沉聲說，徽徽學姊立刻起身走向講桌。

「我去拿點心和茶！」

講桌旁邊有個小冰箱，對外聲稱用來冷凍冷藏某些特殊顏料，其實裡面塞滿了冷飲和冰淇淋。

平時用來作素描練習的杯盤餐具，在徽徽學姊的精心擺盤下，蛻變成精緻的下午茶套餐，學姊甚至將冷藏的紙盒紅茶倒進骨瓷茶杯裡，而她所說的點心竟然是可麗露，一時之間還以為自己來到風靡高中少女的網美咖啡廳。

不等可麗露回溫，三年級學姊豪爽地吞了一顆。

「唔！這個東西未免也太——好吃了吧！」

「這可麗露是徽徽家附近西點店的招牌之一。」社長說。

「我只是隨便買的……」徽徽學姊害羞地說。

「我從來沒吃過這麼好吃的東西！謝謝妳們的招待，學姊無以回報啊！」

「高三這麼無聊嗎？」芳郁學姊皺眉問，她似乎對三年級學姊誇張的反應感到煩躁。

「無聊透了！我們班風紀股長還奉班導命令監督大家的行蹤，只要被抓到跑去社團，假日就必須來教室自習。」

三年級學姊一口飲盡杯中物，我差點懷疑她杯裡裝的不是全糖冰紅茶，而是酒精飲品。

「那妳還跑來？」芳郁學姊冷冷地說。

「我是冒著生命危險來的呀！人生苦短總要瘋狂幾次嘛！」

徽徽學姊眼明手快地為學姊斟滿紅茶，胭脂色茶湯微微晃漾，學姊突然瞪大眼睛，像想到什麼似的，猛地放下茶杯。

「對啦！我帶妳們玩『錢仙之名』當作謝禮吧！」

「錢仙之名？」我困惑地看著三年級學姊。

「不會是我想的那種錢仙吧？」芳郁學姊臉色微微發青。

「我要玩、我要玩！」徽徽學姊卻雙眼發亮。
社長沒有說話，一對鳳眼審慎望著三年級學姊。
「嘿嘿，『錢仙之名』不是普通的『錢仙』喔！」她再次喝光紅茶，吞下第二顆可麗露，口齒不清地說：「一般錢仙、筆仙、碟仙就跟國外的通靈板差不多，選個很陰的時間，摘掉護身符，召喚靈體來我問祂答。」
這類降靈術步驟大同小異，網路社群也流傳很多影片，一些靈異網紅煞有其事召喚靈體，後製上詭異擾人的音樂與特效，卻總在問些朋友間鬧脾氣的私事。
我對這類神秘事物沒什麼興趣，也未曾想過親自嘗試。
「『錢仙之名』──不一樣！」三年級學姊激動不已地拍著胸膛，「透過『錢仙之名』召來的錢仙可以預言未來！還能實現願望！」
「真的嗎？」徽徽學姊忍不住往三年級學姊坐得更近了點，「學姊許過願嗎？實現了嗎？」
「我是還沒許過啦！不過……錢仙的預言超準！祂幫我們猜中了國文模擬考題目，還告訴我這一次的成績！」
「這種事多用功點不就能知道了嗎？」芳郁學姊不以為然地說。
「──試試看吧。」社長終於開口，她仍是那副盛氣凌人的模樣，「既然學姊都大力推薦了。」

看不出社長居然會對這種毫無邏輯與科學依據的靈異遊戲感興趣。

聽到社長如此說道，芳郁學姊扁著嘴不再反對。

「好！我們開始吧！GO、GO——」

三年級學姊轉身從書包裡拿出小小的方形帆布包，顏色是柔和的十樣錦粉（註10），

我原以為是筆袋，直到學姊從中抽出兩張白花花的鈔票時，我才意識到那是她的錢包。

「對了，『錢仙之名』需要用到紙鈔。」

三年級學姊有些不好意思地看看大家。

「妳們身上有嗎？每人至少要拿一張出來才算參與儀式……任何面額都可以的！」

現在幾乎都是電子支付了，雖然合作社也收現金，但除非班上需要收班費或活動費，不然滿大機率大家錢包裡是沒半張鈔票的。

——錢仙恐怕也得進化成手機仙才跟得上時代變遷。

不過，二年級學姊倒是都迅速拿出皮夾，三人同樣各抽出兩張千元大鈔。

註10：十樣錦為五代蜀地出產的絲織品統稱，其中以粉色的浣花錦最著名，便以此代指一種傳統粉色。

藍色的一千元紛紛放在三年級學姊向上張開的右掌裡，我趕緊掏掏口袋，也從皮夾翻出兩張千元鈔票，疊了上去。

學姊的右手動也不動，左手則拿出手機，解鎖後擺在我們五人中間，螢幕雖然有些摔落造成的裂痕，但能清楚看到那是iOS系統內建的備忘錄APP。

接著，她閉上眼睛，這是我進教室後首度得到安寧，學姊深深地吸了口氣。

「錢仙之名」遊戲，開始了。

過了某個時間點，夕陽落下的速度會忽地加快。

每逢這個魔幻時刻，我總覺得視野變得狹窄且昏暗不明，就像突然從點著燈的地方走進暗室，明明西方仍可見到金黃色的太陽，天邊的雲彩鮮豔動人，我卻頓時失去安全感。

傳說中，晝夜變換的時刻，也是我們與另個世界的界線最曖昧不清的時刻。

而我們竟然選在這種時候，在這偌大的美術教室盤踞一個小角落，玩起禁忌的遊戲。

三年級的石漾璟學姊收起她嘻嘻哈哈的態度，一臉嚴肅地睜開雙眼，她緩緩抬起捧有紙鈔的右手，悄然移動到手機的正上方。

「錢仙、錢仙，吾等五人今聚於此，恭請您於安息中甦醒，請跨越黃泉速速現身……」

她開始低聲誦唸一段類似咒語的文句，不曉得是故意製造氣氛而含糊唸著，又或是所有靈異遊戲本就該神秘兮兮以表尊敬。

其他三位學姊也微微低頭，芳郁學姊緊張地盯著那疊鈔票，徽徽學姊又興奮又崇拜地望著漾璟學姊，唯獨社長閉目養神聆聽著。

「錢仙、錢仙，前世今生，亡者陰魂，與吾續緣，恭請降臨——」

教室內的光線愈來愈黯淡了，我很想起身開燈，但是通常進入請靈階段，參與的人是不能隨意離開的吧？記得很多靈異故事或是恐怖片都是這樣展開的——團體中某一人違反了遊戲規則，或是做了什麼無禮的行為，導致可怕的意外從天而降……

雖說我確實不太相信這些怪力亂神，但在場全是年紀比我大的學姊，我想保有長幼有序的禮儀。

「接下來請大家看我的動作，」漾璟學姊唸畢那兩串請靈的咒文後指示道：「等等我們逆時鐘輪流。」

按照座位逆時針的話，順序是漾璟學姊、我、芳郁學姊、社長，最後是徽徽學姊。

只見漾璟學姊將手中紙幣收成一疊，接著以右手大拇指為主導，像用笨拙的方式清點鈔票。

「錢仙、錢仙請降臨，錢仙、錢仙請降臨……」

她不停說著，左手的藍色紙幣一張張換至右手，當所有的鈔票都聚集在右手後，學姊將紙幣收攏又交付至左手，再次重複一樣的動作。

下一位就是我了。

漾璟學姊面無表情地將紙鈔轉遞給我，輕輕點頭，示意我接續她的行為。

縱使半信半疑，但在此時此刻，內心對於未知的那種恐懼感還是悄悄滋生了。

「錢仙、錢仙請降臨……」

我模仿學姊的動作，就連召喚都以接近的節奏和音量呼喚。

在完成兩輪後，沒什麼特別的事情發生，我稍微鬆了口氣，改將儀式道具轉交至芳郁學姊手裡。

「錢仙……錢仙請降臨……」

芳郁學姊的雙手和聲音都在顫抖，她剛才所有的吐嘈與反對，或許是害怕使然。

幸好，在她這一輪也沒發生任何事。

即使進行靈異儀式，社長也如往常冷淡，不過她數鈔速度倒比我們快上不少。

接著輪到似乎很愛神秘事物的徽徽學姊，她難掩喜悅地呼喚「錢仙」，像在哼唱一首愉快的歌曲。
很快地，儀式道具再次回到漾璟學姊手裡，她闔上眼喃喃呼喚。
「錢仙、錢仙請降臨，錢仙、錢仙請降臨……」
一切還是如常，涼爽的冷氣、昏暗的教室，空氣中混合著些許顏料與複雜的淡香。
我接過鈔票，機械化地重複召喚動作。
仔細想想，應該在儀式開始之前，先詢問關於「錢仙之名」的事，像是整套流程、進行中該注意的事項，「錢仙」降臨時會出現徵兆，以及——如果我們不停輪流召喚，幾分鐘幾小時過去了，卻沒發生事情，又該如何結束這場遊戲？
「錢仙、錢仙請降臨……」
當一個動作習慣以後，大腦就能開始分心。
——如果「錢仙」真的降臨了，那又該怎麼辨呢？
一般民間流傳的錢仙，通常備有一張寫滿文字與符號的紙，宛如西洋通靈板的木板，使用的「錢」也是銅錢或硬幣，錢仙降臨後，會透過錢幣在符號文字間遊走以回答召喚者的問題，傳說中錢幣是自己移動，而非人為的。
那麼「錢仙之名」的錢仙，又會以什麼形式或姿態，告訴我們祂的到來呢？
紙鈔一一在我們五人手中輪流著，正中央除了學姊的手機外，沒有任何能讓錢仙轉述訊息的紙張或木板。

此外，漾璟學姊說，「錢仙之名」能夠預言未來與實現心願，似乎比一般的「錢仙」具有更強大的能力……嗎？

「欸……學、學弟……」

一個微弱的氣音響起，將我的注意力從胡思亂想中拔起。

我看看四周，發現是芳郁學姊鐵青著臉輕聲喊我，眾位學姊也一臉憂心忡忡的。

一時之間，我還搞不清楚狀況，芳郁學姊發抖地指指我手中數到一半的紙幣。

「那個……上面是不是有……」

我疑惑地垂下目光，將紙幣慢慢倒轉回到左手。

「停！」芳郁學姊驚呼，「就是這張！」

所有人都湊了過來，圍在我身旁，屏住呼吸。

我看見了。

在這疊紙幣裡，有一張出現了污痕。

我將它抽了出來，認真查看。

「這是誰的簽名嗎？」徽徽學姊細聲問。

那像是藍色原子筆的痕跡，歪歪扭扭地寫著三個像是字的圖樣，有點類似還不太會握筆的小孩試圖模仿大人的塗鴉，我歪著頭嘗試判讀，卻看不出個所以然。

——倘若這真的是某人的簽名，字跡恐怕需要再練練。

「剛才、剛才所有的鈔票上都沒有痕跡……對吧？」

芳郁學姊怯生生地尋求大家的回應，空氣剎那間凝結。

是的，作為召喚道具的千元紙鈔全都是大家臨時從錢包裡抽出來的，鈔票也輪流落入大家的手中，如果其中一張鈔面上一直存在這個詭異的污痕，我們五個人十隻眼睛，不可能到了第二輪才看見，更何況美術社社員的觀察力理應比一般人要敏銳。

社長與漾璟學姊是唯二沒對怪異痕跡做出反應的，後者更幽幽地說：「我們繼續吧。」

「可是……學姊，這真的很奇怪啊，我們是不是不該……」

芳郁學姊聽起來快哭了，極度恐慌的神情與她酷帥的外表非常違和。

「只是一個簽名罷了。」

社長平靜地開口了，她雙手環胸，絲毫不受憑空出現的筆跡影響。

「是啊，我們應該要照漾璟學姊說的做。」徽徽學姊精神抖擻地說，「隨便中斷儀式反而不好呢！」

芳郁學姊哭喪著臉接過那疊千元鈔，視線亟欲避開手裡的紙幣，她用幾乎聽不見的音量繼續呼喚錢仙。

我不太好意思地移開目光，不願意再增加芳郁學姊壓力。

一股涼意從我的尾椎一路沿著背脊向上攀升，像股逆流的冰水，瞬間蔓延全身皮膚。

自儀式開始後，漾璟學姊的手機始終靜靜躺在地墊上，開著空白的備忘錄，成為美術教室裡最明亮的光源。

此時，這應該能帶給我們安心感的光明，卻在無人碰觸的情況下，閃動起游標。

螢幕下半部顯示的不是輸入法鍵盤，而是由許多點狀和線段排列成的語音輸入介面。

我的手臂頓時布滿雞皮疙瘩。

細小的黑色點線反映出聲紋，就像有人正對著手機說話一樣，但是芳郁學姊的聲音小到不像是能被手機偵測到。

除此之外，教室裡悄然無聲。

突然有種噁心的感覺，我下意識摀住嘴巴。

——我無法、也不敢提醒學姊們留意手機異狀。

社長，古依學姊是第二個發現的。

她在接下芳郁學姊遞給她的紙幣時，冷淡的面孔難得起了波瀾，纖長的鳳眼微微睜大，她用一種警戒的神情緊盯著手機螢幕。

其他人總算察覺不對勁，紛紛順著社長的視線看去，沒有人敢發出一丁點聲響。

空氣完全失去了流動，夕陽也快要完全沒入地平線，加倍黑暗突顯了螢幕的搶眼。

像是有太多話語需要述說，過了數分鐘之久，聽不見的語音輸入終於化為文字。

道歉。

不是亂碼、不是問候、不是自我介紹，而是摸不著頭緒的兩個字，一個詞。

我的右側傳來芳郁學姊低聲啜泣的聲音。

室內暗澹到看不清楚其他人的臉孔，只隱約有著身形的輪廓。

我想開口說些什麼，手機卻又自動開始語音輸入。

「學姊……」

「噓。」

徽徽學姊纖細的嗓音被漾璟學姊嚴厲地制止了，我們只好繼續在昏黑的空間裡靜靜等待。

道歉。

又是一樣的詞，在備忘錄內建標題粗黑體之下，這個字詞彷彿自帶著憤怒。

——莫非，我們剛才不小心觸犯了什麼禁忌嗎？

抑或是，我們之中，有人曾經做了什麼得罪祂的事？

腦中思緒亂七八糟地跳轉著，就在此時，螢幕畫面像是當機似地瘋狂閃爍，還發出一連串尖銳的提示音效，我不敢置信地看著那支失控的手機。

道歉——

「呀啊啊啊啊啊啊啊啊啊——」

芳郁學姊歇斯底里地放聲尖叫，手機如同壞掉般仍不斷複製貼上著同樣的字眼，完全沒有停止的跡象。

忽然間，眼前一陣花白。

天花板所有的日光燈都被點亮了，在我適應突如其來的光線後，才發現社長不知道什麼時候起身趕到教室門口，一掌拍下所有的電燈開關。

地墊上一片凌亂，不知道是誰的紅茶翻倒了，充作儀式道具的藍色千元紙鈔散了滿地。

徽徽學姊抱著大哭的芳郁學姊，溫柔地拍拍她的頭，臉上沒有半點血色。

漾璟學姊雙眼緊閉，兩手在胸前合十，像在虔誠祈禱。
手機畫面猝然一暗，回歸平靜。
漾璟學姊皺著眉頭認真看向我們每個人。
「來，我們一起向錢仙好好道歉吧。」
「祂生氣了嗎？」徽徽學姊擔憂地問，「我們做錯了什麼嗎？」
漾璟學姊沒有說話，她伸手摸向自己的手機，不管怎麼按壓都沒有反應。
「沒電了？」
社長坐到我的右側，和芳郁學姊交換了位置，她大概是我們之中情緒最未受到影響的。
「不知道，也可能壞了。」
漾璟學姊將手機放回正中央，開始收拾地墊上散亂的物品，聚集起來的紙鈔整整齊齊放到手機旁，我也急忙從書包裡找出紙手帕，幫忙擦拭地墊上飛濺的茶紅色液體。
「為什麼會這樣？」我問。
「可能有人對錢仙不敬吧，」漾璟學姊幽幽地說，「暑輔的時候，也有班級發生過類似的事。」
「妳明知道這個……這個……這個有危險，還、還要我們……」

芳郁學姊上氣不接下氣地哭喊著，我第一次看到她如此狼狽。

「學妹，我在班上和同學玩過三次，從來沒發生過這種事。」漾璟學姊看起來很不高興，她指指已關機的手機，「它如果沒電就算了，萬一壞掉了呢？妳們還是好好想想，剛才召喚錢仙大人時，是不是閃過什麼不禮貌的念頭？」

大家一言不發，不曉得是陷入沉思，還是默認。

我決定率先打破僵局，就算只有我一個人承認也沒關係，我想快點結束這個詭異的遊戲，快點離開這裡，快點回家。

「對不起，我……」我緩緩舉起手，「我在看到紙鈔上的簽名時，是有在心裡想說，『這個字應該要練一下』。」

社長發出一聲冷笑，徽徽學姊和芳郁學姊不敢置信地看著我。

「學弟，你嫌錢仙大人的筆跡？」徽徽學姊鏡片後的眼睛瞪到不能再大，「太有勇氣了……」

「沒關係，不管怎麼樣，我們一起誠心誠意向錢仙大人說『對不起』吧！」

漾璟學姊又恢復了原本朝氣十足的模樣，她雙手握拳上下搖動，希望大家打起精神。

於是，我們各自安坐在自己的位置上，掌心對掌心併攏，誠懇地向「錢仙」致上歉意。

「**錢仙、錢仙，吾等五人無明造業，誠心致歉，誠心懺悔，請求原諒……**」

漾璟學姊再度開口，引領我們誦讀代表道歉與結束儀式的咒文。

「**錢仙、錢仙，前世今生，亡者陰魂，恭送您回歸黃泉——**」

學姊的咬字清晰，語調高昂，繚繞於寬闊的美術教室中。

「**恭請您歸於安息之國……**」

終於，我們結束了這場充滿驚嚇的靈異遊戲。

●

「——從那次以後，我只要一個人待在家裡的畫室，就會覺得身邊好像還有別人在。」

我盡可能地在十分鐘內說完那天美術教室裡發生的事，我在述說時，眼前的少女不是捏起一縷髮梢搓揉，就是又看向窗外，彷彿我的演講無聊到提不起她的興致。

「還有，我的畫，變得有點奇怪……」

「喔？」

少女總算正眼看我了，她不再把玩頭髮，而是對我伸出右手，秀氣白皙的手指靈巧地勾動兩下。

「給我看看。」

「呃，那個，」我小聲地說，「我……都丟了。」

「照片呢？」

「那些畫都不是很舒服，所以──」

「不想保留嗎？」少女嘆息，「真可惜。」

「可、可惜嗎？那些畫──我根本不知道是怎麼畫出來的，說不定……說不定那根本不是我──」

「你想說是『錢仙』畫的嗎？」

少女笑了，笑容比外頭的太陽還要燦爛。

「那不是更該好好收藏嗎？『錢仙』的作品啊，感覺能炒出不錯的價格呢。」

──居然想利用「錢仙」賺錢？就算擁有「魔女」之名，也不該在我講完親身經歷後，還對錢仙不敬吧？

我瞠目結舌地看著她，不知道該繼續說些什麼。

她收起笑靨，停止計時，這次又是精確的十分鐘，分秒不差。

「在時限內呢……」

她忽然對我伸出右手。

「曾萁蘦，豆萁的萁，蘗蘦的蘦。」

出乎意料的自我介紹，我傻乎乎地看著近在咫尺的精緻容貌。

——雖然根本搞不懂是哪個騎、哪隻鹿。

我還是輕輕地回握她的手，比預期的要溫熱柔軟。

「我是愛班的尹心譽。」

曾萁蘦收回手，雙臂撐向桌面，輕盈地跳了下來。

有些意外地，她的身高和我差沒多少，頭頂幾乎與我的眉毛齊高。

上課鐘聲悠然響起，明明信班下一堂是體育課，身穿制服的她卻一肩背起書包，一副準備回家的模樣。

「請問，這樣就是接受委託了嗎？」

曾萁蘦眨眨大眼。

「在你讀完說明書後，委託就開始囉。」

「這麼說……妳願意幫助我了？」

我差點欣喜地再次握住她的手，幸好一絲理智牽制了我的衝動。

「接下來我該怎麼做？」
「什麼怎麼做？你並不需要我的幫助呀。」
曾萁蘦歪著頭，黑髮像瀑布一樣，滑順地披掛在胸前。
「喔，不過若是你還有『錢仙』的畫，我就勉為其難地幫你賣吧，五五分。」
「——五五分未免也太多了！」
心中的吐嘈不受控地脫口而出，我趕緊轉移話題。
「不、不對，我不懂妳的意思，我為什麼不需要妳的幫助？」
「就是字面上的意思。」
「什麼意思？妳是說我沒有卡到陰嗎？」
「這我不知道，我不會通靈。」
「可是……」
胸口沉甸甸的，說不沮喪是騙人的。
我還以為終於能擺脫這些日子以來的恐慌與痛苦，終於能恢復正常，能變回原本自由操控色彩、徜徉於繪畫之海的那個我。
「我知道了。」我硬是打起精神，擠了個禮貌性的微笑，「謝謝妳願意聽我說這些，我會去找看看通靈人的……」

我稍稍點頭致意，想在她之前離開信班教室。

「喂。」

細軟的嗓音在我推開門前喊住了我，我猶豫著要不要回應她。

身後傳來皮鞋清脆的噠噠聲，我感覺到曾萁蘦停在身後不遠處。

「知道真相，對你來說算是幫助嗎？」她認真地問。

雖然不明白她的意思，我還是回過了頭。

不料，曾萁蘦卻搶在我之前握住門把，推開一年信班的後門。

「——明天早上六點四十四分，行政大樓一樓穿堂。」

她走出教室，隨著她的移動，髮間飄來淡淡香氣。

「就算真相觸及黑暗也無所謂的話，我們就明天見吧。」

曾萁蘦留下意味深長的話語，沿著走廊，頭也不回地離去。

第三章 Five of Pentacles 五角星V

一早，我單肩背起書包，小心翼翼地抱著紙袋，一頭鑽進車裡，藍叔替我關上門。車內已調整成最舒適的溫度，空調混著淡淡花香，我閉起眼深呼吸。

藍叔和紅嬸一樣，總是記得所有我喜歡的東西，而且總是願意配合我，完成我任何無理的請求。

昨晚晚餐後，紅嬸邊收拾餐桌邊詢問早餐菜單時，我才說今天想在六點半出門。紅嬸皺著眉，看得出來她本想追問提早到校的原因，但在我麻煩她安排方便拿著享用、類似野餐會吃的食物，並且備妥兩份後，她立刻眉開眼笑，馬上衝進廚房打電話，通知藍叔隔天改為六點上班。

——唉，紅嬸顯然是誤會了。

書包隨意擺到隔壁座位上，雙手抱穩紙袋，裡面裝著兩個五百二十毫升的環保杯與一個折疊式矽膠餐盒，那是紅嬸一大早為我準備的外帶早餐。環保杯的特製杯蓋，一個是晴空般的天藍，另一個則是粉嫩的磚紅，幸好這款附了特製吸管蓋，不然依照紅嬸從不隱藏的少女心，她絕對會自作主張在吸管裝上心型飾品。

滿頭白髮的藍叔坐進駕駛座繫好安全帶，戴著墨鏡的他酷酷地向我點頭致意。

轎車緩緩駛出地下車庫，天空仍灰濛濛的，行道樹的枝枒微微搖晃，清晨的街景道出戶外的涼意。

我對音樂的需求不高，在還很小的時候，即授權藍叔開車時可以聽任何他想聽的東西，希望能為他無聊的工作增添一點調劑。

此時，中控臺垂直大螢幕上，一個身穿水手服的虛擬 YouTuber 搖晃著水色捲髮，甜甜地唱起日文流行歌。

這是藍叔最近的興趣，如同紅嬸瘋狂熱愛韓劇與韓國男子偶像團體一樣，他們兩位只要迷上什麼，每日的生活重心除了照顧我外，就是全神關注這些事物。

不過韓劇集數有限，男子偶像團體多如牛毛，而紅嬸對單一對象的忠誠度不太高，她著迷的東西還滿多采多姿的，但藍叔是那種會因為愛上某家排骨便當，於是一個月每天每餐就只吃那家排骨便當的狠角色。

我的高中生涯有多長，藍叔想必就會迷這位 VTuber 多久吧。

話雖如此，藍叔今天選的歌曲我倒是第一次聽到。

瞇起眼看著畫面上跳動的歌詞特效，雖然沒學過日文，但從偶爾出現的漢字、輕快的節奏、柔和的旋律，還有 VTuber 深情又撒嬌的演唱，似乎能猜到這是首關乎戀愛心情的歌曲。

——唉，看來藍叔也被紅嬸誤導了。

如果被他們知道，我只是因為在學校玩靈異遊戲疑似卡到陰，向同學求助後被要求早早到學校與她見面的話，他們會多失望呢？

那些充滿粉紅色泡泡的青春美夢，不可能降臨我的高中生活。

⬟

剛來到行政大樓階梯前，後腳還沒離開中庭花園，纖細的身影便闖入我的眼中。

曾萁虉側身站在穿堂中間，不停上上下下踮著腳尖，及腰的黑長髮跟著擺動，一副已經等到地老天荒、海枯石爛、無聊透頂的模樣。

「啊、對不起。」

習慣性的道歉不小心脫口而出。

「為什麼要道歉？」

曾萁虉轉向我，微微歪頭。

「呃……因為我讓妳一個人在這裡等？」

柳眉輕挑，她不發一語地指指後方的柱子，上面掛著白底黑字的圓型時鐘，現在不過六點四十分，比我們約定好的時間還早了四分鐘。

「這時間學校都沒人，妳一個女生在這裡等……好像不太好？」

我試圖解釋，感覺有點蠢。

曾萁蘦沒有回話，她抿薄嘴唇，轉身引領我往左側樓梯走去。

陽光尚未穿透雲霧的晚秋早晨，建築物裡的樓梯間顯得十分昏暗。

她沒打算開燈，毫不猶豫地拾階而下，我趕緊跟上她。

行政大樓是地上四層、地下一層的完全對稱型建築，中央穿堂有著兩排各四根的巨大柱子，與左右兩側各處室辦公室共同支撐著上方樓層，兩座貫穿全棟的樓梯與辦公室外牆相鄰。和乘載青春夢想的綜合活動大樓相比，這裡的氣息忠實呈現辦公室的苦悶。

但每到下課時間，這裡的人潮總絡繹不絕，吵鬧程度不輸操場，時常吵到兩旁辦公室的教職員衝出來破口大罵。

畢竟，這兩座樓梯是全校唯二能通往合作社的地方。

當初建校時，真不知道是哪位天才，竟將合作社安排在行政大樓的地下室。

我們幾乎是摸黑抵達地下一樓的，右手邊通往合作社入口的長廊同樣昏暗，只有左手邊的結帳出口處透出燈光，為這條長廊帶來唯一的光明。

曾萁蘦放慢步伐，身體右側靠近窗戶緊閉著的合作社外牆，步步為營地朝光源前進。雖然她沒給我任何指示，我還是模仿她的一舉一動，盡可能挨近牆壁移動。

她在抵達長廊上第一扇敞開的玻璃窗前停下腳步，大眼終於看向我，纖長的睫毛輕輕眨動。

我也不知道自己是怎麼讀懂她的心思，在以言語理解之前，兩條腿已經搶先動作，彷彿有股無形力量驅動著我。

我躡手躡腳向前跨了一步，半個身體越過她，視野捕捉到更多合作社內的動靜，一步之差，可觀測的範圍擴大不少。

這是我第一次目睹未營業的合作社，明明用掉了行政大樓整整一層空間，我從沒想過減去學生體積的這裡，光視覺就比美術教室要大上至少兩倍。

此時合作社並非空無一人，視線範圍內就有三位戴著藍色鴨舌帽的人員，其中兩位身著便服，看身影像是平時替大家結帳的大姐——一位正忙著在充滿滷汁的電鍋投入雞蛋，另一位則拉了凳子坐在結帳櫃檯前清點銅板。

令我意外的是，第三個人的工作圍裙下顯然是我們的學校制服，百褶裙隨著那人的走動不停擺動，她一直進進出出櫃檯旁的小門，憑一己之力，從裡面抬出一簍簍裝滿麵包的塑膠籃，低垂著的面孔有種說不上來的熟悉感……

我全神貫注地盯著她，在她第四次扛麵包出來時，我總算認出那被陰影掩蓋的容貌。

然而，心裡的疑問更多了。

我正要開口，一隻軟嫩的手毫無預警地輕捂我的嘴巴。

曾萁藹的臉突然離得好近，宛如有人對我噴了一劑以她髮香製成的香水，只要再靠近一公分，她的髮絲就會搔到我的鼻子，而我恐怕會不小心打個大噴嚏，所有的小心謹慎就得宣告前功盡棄。

「離開再說。」

櫻色的雙唇無聲說著，她收回手迅速轉身，快步走向樓梯。

我深深地吸了一口氣，試圖仰賴呼吸緩下速度過快的心跳——顯然沒有任何效果。

悄然沉靜的地下室長廊，我的心跳聲像依偎在耳畔，不斷奏響。

⬟

曾萁藹一直向前走，爬上樓梯，穿過穿堂，她不走我很喜歡的滿是植物的中庭，反而繞道行政大樓後方的柏油路，這裡可以左轉通往垃圾場，或是右轉前往操場，她毫不遲疑地右轉了。

長髮迎風飛舞，一旁的大王椰子樹應和似的，婆娑出沙沙聲。

我們來到難得冷清的操場，這個時間連體育社團都還沒開始晨練。

最後，曾萁蘦在一百公尺跑道旁，種了整排榕樹的花圃前停下腳步。

平時此處是操場最受歡迎的地方，尤其是豔陽高照、高溫難耐又不得不上體育課時，茂密的樹蔭是絕佳的庇護所。

「……這是最後一次。」

背對我的她猝然說道，我一頭霧水。

「你真的……想知道真相嗎？」

她煞有其事地問。

「嗯。」

「即使已經看到那個人了，也一樣？」

我的疑問已經多到令大腦發脹，我不懂她為什麼需要確認這麼多次。

「是的。」

我盡我所能，以最斬釘截鐵的口氣答道。

曾萁蘦深吸一口氣，一個華麗轉身，順勢坐在石磚砌成的擋土矮牆上。

「坐吧。」

她面無表情地指指旁邊，為了避免她突然反悔不說，我趕緊坐下。

「『錢仙之名』這個遊戲，和廣為人知的傳統錢仙有什麼不同呢？」

「呃……沒有通靈板或是通靈紙？」

——不是要揭露真相嗎？怎麼突然考起我來了？

我認真望著曾萁藹的側臉，她倒是專注地直視前方，像在思考、又像是盯著什麼我看不見的東西。

「紙鈔，而且是大量的紙鈔。」

她不疾不徐說著，身姿如同雕像般直挺。

「一般而言，無論是錢仙、碟仙、筆仙、筷仙、桌子仙……民間這一類神秘遊戲中，只會準備一個『媒介』，作為占卜或是請靈的主要工具。」

確實，敝校流行的「錢仙之名」，所有參與者都得提供鈔票作為儀式的一部分，儀式結束後歸還。

「改用紙鈔……很奇怪嗎？」

這種詭異活動本身就很奇怪吧。

「試想，假如這類由『降靈術』衍生的遊戲，真的能召喚神秘力量好了，而你現在是遊蕩在旁邊，等著被召喚的靈體……」

——呃，好，我現在是一個鬼魂。

我努力地想像著，身為一具靈體，在那樣的場景下，應該懷抱什麼樣的心境。

應該會很期待吧？或許已經孤孤單單地在世間遊蕩許久，終於盼到一個能再度與人連結的機會？也或許身懷怨恨，一心想向仇人報復？或者只是童心未泯，看高中生傻乎乎的，想嚇嚇他們惡作劇一下？

「祢低頭一看，作為自己和人類溝通的『媒介』居然有好幾個，並且一直在不同人的手中流轉，接下來祢會怎麼做？」

「——發脾氣？」

我想起那天失控的手機。

曾萁蘿轉頭看向我，表情非常嚴肅。

「事實上，祢什麼都做不了。」

清澈的眼神凝視著我，話題像是觸及到某種核心，她的杏眼正為此閃爍光芒。

「這個遊戲的『儀式』不合乎降靈的邏輯，檢視『錢仙之名』的整套規則，會發現許多步驟彼此之間關聯性十分薄弱。召喚的既然是『錢仙』，為什麼需要準備那麼多作為媒介的鈔票？鈔票自始至終都握在參與者的手裡，不停地移動，為的又是什麼？以你參與的那次來看，憤怒的錢仙最後是透過手機語音輸入文字來傳達祂的要求，如此說是『錢仙』，反而更像一名『手機仙』。」

「妳的意思是……祂既然能夠透過手機表達，就沒有必要用到紙鈔？」

這說法倒和我的想法不謀而合，比起靈動什麼的，說不定操控電子產品對另個世界的存在來說會更容易？

「是啊，你們大可手牽著手、閉著眼睛，像電影裡演的那樣，等待靈體降臨，手機出現反應。」

「可是，儀式途中，那些紙鈔也出現了異樣啊。」我想起千元大鈔上的詭異簽名，「那時候鈔票已經在大家手中輪轉過一次了，第一輪什麼狀況都沒發生，也沒有人握著筆，現場氣氛那麼嚴肅認真，不可能有機會在那當下對鈔票做手腳吧……」

「喔，那個簽名啊……看來就是『錢仙』的簽名了。」

「是吧，這件事真的太奇怪了，而且還是在我手裡出現的——」

「——『錢仙』事先簽好了名，簽有名字的紙鈔被刻意放進第二輪的數鈔儀式裡，以便在你們之間傳來傳去時被發現。」

曾萁蠹猝然說道，我難以置信地看著她，她依然保持平靜，嘴角還帶了一絲笑意，絲毫不覺得把學姊和我嚇得半死的怪異鈔票有什麼好大驚小怪的。

「事先……簽好名？怎麼可能？」

「你也說了，現場氣氛很嚴肅，大家都曉得這是個靈異遊戲，除了有求於錢仙之外，大部分會玩這類遊戲的人，心中多少期待著撞見一些特殊現象吧？或是像你的某位學姊一樣，深怕會撞見某些奇怪的異象，導致參與時情緒緊張。」

「就像芳郁學姊那樣……」

「在沉重肅穆、又極度專心的氛圍裡，只要加入一點『不尋常』作為調劑，就能輕易牽動在場所有人的心理。這遊戲有著層層設計的儀式，一再堆疊暗示，使你們的內心緊繃到極限，最後再送一劑極為有效的『驚嚇』──如此一來，你們不得不相信『錢仙』真的存在，甚至認定自己曾對『錢仙』不敬，才會惹禍上身，殃及眾人。」

我抿了抿有點乾燥的嘴唇，低下頭從袋子裡拿出沉甸甸的環保杯。

那天在大家面面相覷、又有人崩潰大哭的情況下，作為在場唯一的男生，又是一年級新生的我，確實承認了自己曾有過「不敬」的念頭，最終儀式在道歉聲中草草結束。

沒有人許了願、也沒人得到預言，而我身邊開始出現奇怪的事，連我自己都變得古怪，育熙更直言我是卡到陰……

「那是什麼？」

曾萁藹的聲音將我拉回現實，她眨著眼，好奇地看著環保杯。

「紅嬸的特製鮮奶茶，用印度大吉嶺紅茶茶葉沖泡，加上小農鮮奶和一點蜂蜜。」

我打起精神，將有著磚紅色杯蓋的那杯遞給曾萁薵，她有些驚訝。

「這要給我？」

「對啊，想說我們約這麼早，怕妳來不及吃早餐，我就請紅嬸一起準備了。」

我拿出折疊式矽膠餐盒，將蓋子打開，兩份鮪魚蛋捲可頌完美無缺地擺在牛皮紙色的防油餐巾紙上，餐盒裡的空隙還塞了五六顆以橄欖油煎過的小番茄。

「好精緻。」

曾萁薵小聲地讚嘆，我取走其中一個可頌，然後把整個餐盒交給她。

「謝謝你。」

她對我微微一笑，先將早餐擱置在旁，捧起鮮奶茶啜飲。

涼風徐徐，白色層雲漸漸變得單薄，些許曙光驅散了薄霧，與美味的早餐一起緩和了我的心情。

——我應該有足夠的勇氣面對事情的真相吧？

「我不知道世界上是不是真的存在著『錢仙』與『靈體』，但是這場『錢仙之名』遊戲的『錢仙』，顯然是個人。」曾萁薵的雙唇叼著矽膠吸管說道，「無論是簽了鬼畫符的紙鈔，還是作為『驚嚇』一環的手機異樣，都是那個人事先準備好的。」

「可是，那天手機的確自己接收了語音輸入，還自己在備忘錄上出現文字啊？」

「你怎能確定那一定是『備忘錄』？」

曾萁蘦放下鮮奶茶，認真地盯著我。

「我……我的手機也是 iPhone，那個白底介面和黑體字的確是ｉＯＳ系統內建的備忘錄ＡＰＰ，我平常也會使用……」

「不，我的意思是，你看到的畫面只是備忘錄的畫面，你怎能確定那一定是備忘錄的ＡＰＰ？」

「什、什麼意思？」

「你也是 iPhone 使用者，應該曉得這個功能吧？」

曾萁蘦突然亮出她的手機，畫面停在白色的備忘錄，並且就像那天一樣，語音輸入的介面正忙碌地偵測著。

我不知道曾萁蘦是什麼時候開啟這個功能的，但是畫面一直停在輸入的階段，並沒有將她剛才說的話語轉換為文字，刻印在備忘錄上。

過了三四秒，突然間無數的「**道歉**」兩字占據了整面備忘錄，重現了當天「錢仙」生氣的情況。

「——就像這樣。」

「為、為什麼？難道……」

我慌張地左右張望，難不成「錢仙」又作祟了？

曾萁�不慌不忙伸出食指，在螢幕上輕點了一下。

畫面上下方出現兩條灰白色的橫列，上方顯示著日期與時間，下方則是一排影像縮圖，以及有著分享、播放、音量、資訊、垃圾桶等等圖示的工具列。

「錢仙的怒氣，以內建的螢幕錄製就能輕鬆製作，只要確保儀式進行時，手機畫面能一直穩定播放這個影片，那個人便能掌握整場遊戲的進展與時間，包含最後手機彷彿關機似的黑畫面，也是事先剪輯安排的橋段。」

曾萁蘳說得輕描淡寫，卻令我啞口無言。

昏暗的地下室合作社，鴨舌帽下的面孔就像被撥開雲層的陽光照耀般，變得更加明確、清晰，清楚到我似乎能一一細數她臉上的雀斑。

道具的準備、規則的傳授、儀式的引導……當天所有制定好、規範好的細節，全都環繞在——

「三年和班的**石漾璟**，是她提議你們一起玩『錢仙之名』，她也是現場唯一一位知道遊戲玩法的人，儲存了『錢仙作祟影片』的手機也是她的，從遊戲開始到結束，只有她碰過那支手機，而她又是所有參與者的學姊。露高社團風氣本就看重學長姊輩分，不僅是你這名新生，另外三位高二學姊也會乖乖聽從她的任何指示。」

本來我想不透的種種疑問，逐一得到解答。

「所以……連那張簽名的紙鈔……也是漾璟學姊準備的……」

「鈔票第二次來到她手中時，她偷偷將事先簽好名的千元鈔混進去。她身上也許不止備有簽好名的千元鈔，可能也準備了同樣簽了名的百元鈔和五百元鈔票，會視現場參與者拿出的面額來決定使用哪一張。」

我彷彿看見漾璟學姊從錦粉色的小小帆布包裡，掏出簽上歪七扭八名字的各色鈔票。

「『錢仙之名』本就是露高三年級間流傳的遊戲，暑假時也有班級傳出靈異體驗的謠言。據我所知，西棟的三年和班和義班是最早開始玩『錢仙之名』的班級，由於暑假期間兩班學長姊過於著迷，也有人受到驚嚇造成心靈創傷，開學後兩班早已禁止玩這個遊戲了。石漾璟正是就讀三年和班，她也向你們提過自己在班上玩了至少三次，她有許多機會能練習『如何不著痕跡地將簽名鈔混入紙鈔中』，就連引導大家進入狀況所說的那些台詞、影片播放的時間掌控，她都是最有機會鍛鍊熟練度的人。」

「可是……為什麼呢？為什麼漾璟學姊要做這種事？」

——嚇唬同學甚至是我們這些學弟妹……有這麼有趣嗎？

捏著可頌的手忍不住加重了力道，混了玉米的鮪魚美乃滋沿著切口邊緣掉了下來，落在防油餐巾紙上。

「你還記得那天結束時的細節嗎？」曾萁蘦蹙起眉頭，表情有些嚴厲，她冷聲問：「你們每個人，都確實收回自己拿出來當道具的錢了嗎？」

我瞠目結舌地望著曾萁蘦，試圖在腦海裡翻找那天離開美術教室前的混亂回憶。

「……那、那天，漾璟學姊將鈔票一一還給我們的。」

「包含她本人在內，你們在場所有人都拿出兩張千元鈔，遊戲進行中，石漾璟自己曾多拿了一張簽名鈔混進去，但最後想必是安然回收了。」

當天場面實在太混亂，地墊上還打翻了茶點，傍晚的美術教室又特別昏暗，加上遊戲中一再發生詭異情況，每個人都身心俱疲……

「先不說別人，你能確定自己收回了兩張一千元鈔票嗎？」

吃了一半的可頌擱置在大腿上，我的手伸進褲子口袋，摸到扁扁的皮夾。

從那天到現在，我完全沒打開過錢包，我的三餐、日常生活用品、以及畫畫用具都由紅嬸和藍叔打理，平常很少自己在外消費，親自去超商、合作社的次數屈指可數，就算有也都是刷手機電子支付。

所以，我很清楚我的皮夾裡應該要有多少現金。

「我不知道其他人是否都拿回她們的千元鈔，但現場輩分最小的你與那位大哭的二年級學姊，一開始就是她的獵物了。」

「妳的意思是……」

「看見她在合作社打工，應該就能明白了吧。」

曾萁蘦端起餐盒，像在仔細觀察可頌酥脆的外皮。

「露高的學費不便宜，大部分學生的家境應該不錯，但群體中還是有些優秀卻缺乏資源的同學，學校為避免同儕間會因家境差異而出現不友善的行為，本來是以廣設各類名目的獎學金鼓勵清寒學生，不過難免會有無法得到獎助、或是家庭突然遭受變故的人。而學校也禁止大家在校外打工，於是私底下允許情況特殊的學生，利用一大清早，大家都還沒到校的時間在合作社幫忙。」

「漾璟學姊她……編了這麼複雜的遊戲……做了那麼多準備……」

——只是為了錢嗎？為了我們這些後輩的錢？

「也許遊戲的雛形並非是她原創，但現行的『錢仙之名』已經被她改造成符合她所需的樣貌了。」

我無法想像，究竟遭遇到什麼樣的情況，才會需要創造出一個仰賴眾多謊言積累而成的校園怪談，才會需要冒著被拆穿的風險，在同學好友甚至是社團學弟妹間，耗費心力帶領大家投入她精心設計的遊戲中，而她還是一位將要應考的高三生。

我把手從口袋裡抽了出來，兩手捧起可頌，默默地繼續吃著。

紅嬸的手藝再好，此刻的我只覺得味如嚼蠟。

正如曾萁藹所說，露高的同學們家裡經濟狀況都算不錯……

不，應該說是十分富足。

那天，無論是我、社長、徽徽學姊，還是芳郁學姊，我們拿出來的錢包清一色都是皮夾，也許有品牌上的差異，但全都是以質感絕佳的天然真皮皮革手工製成。

唯獨漾璟學姊的錢包只是小小的帆布包，我甚至一度因為上面的使用痕跡而誤以為那是個身經百戰的筆袋。

我曉得曾萁藹一直緊盯著我，但我不敢回望那對過於明亮機警的眼睛。

「如果你想懲戒她，我能找到證據，提供給校方。」

見我不再說話，清亮的嗓音提議道。

——我想懲戒她嗎？

無論是騙取還是偷盜，漾璟學姊的行為無疑是犯罪，在校內也許輕則以輔導或校規處置，但重則也可能會報警處理。一旦揭露了這件事，另外三位學姊如果也損失了財物，更無法推測她們或她們的家長會採取什麼行動……

假如漾璟學姊是家裡無預警遭逢變故呢？也許是經濟壓力，眨眼間全部落到她一人肩上呢？何況學姊還是準考生……本來應該專心應考，若在畢業前夕被揭發了竊取別人錢財的行為，這對她的人生來說不是雪上加霜嗎？

「學姊她……應該是有什麼苦衷，才會做出這些事……對吧？」

「她的苦衷必須與本人當面對峙才會知道，現在也只能依據露高過往情況做推測，畢竟校方也不想讓在校生打工的事變得眾所皆知。」

「所以，漾璟學姊遇到的事……可能遠比我們想像的還要辛苦？」

我總算看向曾萁蘦，她困惑地盯著我，彷彿我正用某種她聽不懂的語言說話。

「她……還特地編了那麼複雜的怪談、那麼囉唆的儀式，還有那些召喚文……她一定很不想被發現這些事吧。」

「什麼？」

「不管是她很需要錢，還是家裡發生了什麼……漾璟學姊一定不想讓大家知道吧，她來社團時笑得那麼開心……」

——還沒回溫的硬邦邦可麗露也吃得津津有味。

「她想要你們放鬆戒心，這樣才方便——」

「——我看得出來，她真的很喜歡美術社。」

那些對於高三生活的抱怨都是真的，只是怨言中的痛苦，有多少是來自無法坦白家中困境呢？

「曾同學，妳覺得辦個活動幫學姊募款如何？」

「啊？」

曾萁蘐非常驚訝，睫毛不停眨動，她張著嘴像想說些什麼，卻一個字都沒說，模樣有些逗趣。

太陽完全從雲層後方探出頭，陽光透過榕葉縫隙灑落，在我們身上與地面點綴晶亮的光點。操場出現晨練的同學與打掃的同學，寂靜的校園漸漸甦醒。

「也許可以問問看漾璟學姊手邊還有沒有作品，辦個義賣活動？」我想將所有我能想到的辦法一股腦兒地托出，「實體活動會有額外場地成本的話，也許可以辦線上義賣，如果學姊作品不夠，我也可以拿我的畫出來一起賣……啊！不如和美術社學長姊提議，大家一起提供作品……」

「——你好奇怪。」

曾萁蘐突地說道，打斷我腦中飛舞的思緒。

她姿態優雅地拿起可頌咬了一口，秀麗的眉毛舒展開來，從她毫不修飾的喜悅就能知道紅嬸的手藝有多好，然後她認真端詳起可頌的內餡。

「荷蘭醬（註11）、玉米、鮪魚、美乃滋……加了牛奶的蛋捲、淡淡的奶油香氣，不過這個起司——吃起來像布里起司，可是又好像有別的氣味……」

「是黑松露，茹芮松露布里（註12）。」

難得看到曾萁蘢有些困窘，我忍不住說出了答案，她恍然大悟地點點頭。

「真厲害的搭配，還以為這麼多味道混著吃會很奇怪，沒想到層次能這麼豐富，氣味、味道、口感……好全面的體驗。」

「紅嬸是不會做出奇怪的料理的。」我得意笑道，「有機會再請她做些拿手菜，讓妳開開眼界。」

「品嚐美食能用『開開眼界』形容嗎？」

「這個嘛……」

「——雖然兩位聊得正高興，恕我得稍微打擾一下。」

冷峻的聲音驀然響起，曾萁蘢和我同時抬起頭。

梳著一絲不苟低馬尾、身材高挑的社長古依學姊，不知道什麼時候來到我們身邊，她的手裡抓著五十公分長的伸縮塑膠畫筒，臉上掛著淡淡的微笑。

「學、學姊好。」

我笨拙地打招呼，囫圇吞棗地吞下最後一口可頌。

曾萁蘿瞄了學姊一眼，稍微側過身，撇開頭，專注地吃著可頌。

「我從社辦看到你在這裡，想到這個東西。」

學姊將那只畫筒拿到我的眼前，示意我接下它。我趕緊地拍掉可頌碎屑，慌張地接過畫筒。

「自己的作品，還是你自己保管吧。」

「我的作品？」

古依學姊沒多說什麼，嘴角勾起更深的笑意，對我和曾萁蘿輕輕點頭後，颯然如風地轉身，往綜合大樓的方向走去，應該是要回美術教室吧。

曾萁蘿一直緊盯著學姊的背影，直到身影完全離開我們的視線範圍，她才慢慢恢復原本端正的坐姿。

我看著那只塑膠畫筒，上面貼著「美術社公物」貼紙。

實在想不起自己什麼時候將作品留在社裡了，大部分的畫作應該都在家裡才對。

註11：五大法式醬料之一，類似美乃滋，由蛋黃、奶油和酸性液體製成，搭配班尼迪克蛋或蘆筍食用。

註12：布里起司（Brie），屬白黴乳酪，源於法國北部布里地區，外層皮上常有如松露和牡蠣殼氣味，內層質地柔軟、口味溫和，素有「乳酪之王」之稱。

「裡面是你的作品？」

曾萁蘦忽然靠向我，好奇地看看畫筒，又看了看我。

開學才沒多久，社課都在畫基本練習，充其量只是習作，稱不上是作品。

「社長是這麼說……可是我完全沒印象。」

「打開來看看呀。」

曾萁蘦似乎有些興奮，可頌裡的鮪魚玉米美乃滋都快被她擠出來了。

拗不過那閃閃發光的神情，我扭開筒蓋，抽出裡面捲成圓柱狀的畫作。

一陣寒意攀上背脊，深沉的鉛色令我毛骨悚然。

紙張還沒完全打開，我已經想起這是什麼「東西」了，它確實出自我的手。

這是那張社課上被社長收走的石膏像素描，那張全由發狂的鉛筆線段纏繞組合而成的漆黑席克，那張我卡到陰時，無意識下畫出來的——

「哇，好厲害！」

好不容易享用完特製早餐，曾萁蘦毫不在乎指尖有些不小心碰到我的手背，迫不及待地替我將圖紙完全打開，席克慘白的五官全然攤在陽光下。

曾萁蘦前後搖晃著身軀，像發現新大陸似地看著這幅使我渾身不自在的玩意兒。

——真想快點拿去垃圾場扔掉。

「原來黑色也有不同程度的黑啊，遠看近看的感覺都不一樣，真有意思……會畫畫真好。」

曾萁蘦欣喜地說著，神采飛揚的模樣，和剛才向我解析真相的樣貌不太一樣，少了點優雅與端莊，多了點天真活潑。

「你什麼時候要賣掉這幅畫？」

曾萁蘦猛地轉頭看我，我這才發現我們之間的距離近得危險，我幾乎能清楚數出她的睫毛根數，髮間香氣掩蓋了混有清晨薄露的青草芬芳。

「什、什麼？」

「賣畫呀，不是說好了嗎？」

她敞開雙手，十根手指在白淨的臉旁搖晃，臉上的燦笑帶了點狡黠，一點魔法。

「五五分。」

我急於毀去的畫作，卻為她帶來莫大的樂趣。

——如果將這幅畫留存下來，多年後再次打開，我會不會也有不一樣的感受呢？

就像漾璟學姊設計的靈異怪談與她不為人知的苦衷一樣，被騙取鈔票的我們會覺得自己受害，認為學姊心懷惡意，應該受到懲罰；但是，明白了學姊的困境，我們是不是也能感同身受，甚至願意向她伸出援手呢？

「不行，真的賣掉的話，我要捐給學姊，還有其他需要幫助的同學。」

「怎麼還在想這件事啊？」

「被妳的美食評鑑打斷前，我們不是正在談這件事嗎？」

「我沒有在跟你談呀，全是你單方面一直說呢。」

「總之，義賣畫作的收益，必須全部拿來幫助需要幫助的人。」

「說好的五五分呢？我的委託費呢？」

「不是只要讀完十分鐘說明書，妳就會無條件接下委託嗎？」

曾萁蘳鼓起腮幫子，不悅地瞪著我。

「我會好好修改『星期三的魔女』傳聞的！給我等著，下次不會再這麼便宜你——」

「我也不是總需要委託妳解謎吧。」

「你、你給我等著——」

早自習的鐘聲悠揚敲響，傳遍露草高中的每個角落，拉起嶄新的序幕。

曾萁蘳將吃得乾乾淨淨的餐盒與環保杯還給了我，甩著飄逸亮麗的長髮離開了。

我仔細地又看了看那幅黑壓壓的石膏像素描，似乎沒有我原本認為的那樣不堪入目了。

我捲起畫作，收進畫筒，快步走進溫暖的晨光中。

CASE 02

獻給新社員的挑戰

第四章　彌諾陶洛斯之舞

好遼闊的亮藍。

僅三層樓高的建築鬆散佇立，山形屋頂就像坡度和緩的小丘陵，對著整片空色敞開懷抱。視線不再受動輒十五、二十層樓高的大樓阻礙，美好的晴天不會只剩下溫暖、找不到源頭的日光、以及狹窄到一隻手掌就能遮擋住的天空。

這裡大概是全市能見到最寬廣晴空的地方了。

唯一足以劃破藍天的，就只有那座宛如自童話中竄出、滿布爬牆虎的筆直煙囪，木賊綠（註13）如同單薄的被子包裹住蒼涼的鉛灰色，賦予活潑的生命力。

「心譽、心譽——」

響亮的呼喊像顆無形的砲彈，深怕我聽不見似地在耳邊炸開。

我慌張回頭，育熙正皺眉看著我。今天的她一身輕便，垂墜感十足的紫灰色寬褲搭配米白色薄針織上衣，頗有所謂韓系穿搭的樣子，她罕見地戴了頂和褲子同色系的鴨舌帽，大概是為了防曬吧。

「站在路中間不動很危險啊。」

育熙沒好氣地說，帽子後的高馬尾恣意甩動，她伸手將我拉到一旁。她的力氣一向不小，我差點重心不穩撞上攤位。

「心譽，小心呀。」

雙手緊緊環過我的手臂，這次倒是成功協助我站穩了。

人們三三兩兩地自眼前走過，有的步伐快速，像搜索獵物的獵人，有的緩慢遊蕩，似乎不願錯過任何寶物。

——剛才還真的擋在繁忙的要道上啊……

「相逢就是有緣，兩位要不要挑對手環？」

穿著無袖背心的攤位老闆爽朗招呼道，一頭雷鬼髒辮和育熙一樣紮了高馬尾，健壯的雙臂有著圖騰樣的刺青，他指指檯面，隨性擺放的漂流木掛滿編織飾品。

「這些都是你自己做的嗎？」我興奮地問，飾品種類五花八門，有手環、腳鏈，也有手機配件與寵物項圈。

註13：木賊色（とくさいろ），日本傳統色，色名取自觀葉植物「木賊」，類似蚊香的暗綠色。

「當然。」

「笨蛋心譽，今天有文創市集，這邊都是手作攤位呀。」

育熙在我耳邊小聲地說，雖然這些詞彙我都聽過，一時之間仍不太理解。

「我的手環很多種唷，這邊的是蠟線製，那邊都皮革製，可以搭配金色、銀色或玫瑰金的金屬釦，你們想要刻對方的名字或紀念日啥的都可以客製。」

「哇！還可以客製！蠟線顏色也能指定嗎？」

「當然，想換別種形狀的金屬釦也行，我給你看看之前客人的訂製款——」

老闆得意洋洋地笑著，他掏出手機展示花花綠綠的商品照。

「只要你講得出來，什麼模樣我都做得出來！」

「好了啦……心譽。」

育熙難得持續壓低音量喊我，圈著我的手試圖拉我去別的地方。

「好有趣耶！我第一次看到這種作品。」

「你不會想買吧？」她的眉頭皺得更緊了。

「妹妹啊，妳男朋友看起來很想送妳禮物，妳就讓他多看多比較一下呀。」

老闆冷不防的發言，我的頸後一陣發涼。

育熙也嚇了一跳，她差點鬆開雙手，以前遇到類似情況，她總會用力推我，粗暴地拉開我們兩人的距離，兇巴巴澄清我們的關係。今天她卻一反常態加重挽住我手臂的力道，然後彎下腰、微微向前傾，溫柔有禮地對老闆微笑。

「不用了喔，謝謝你。」

老闆顯然不懂育熙的用意，他還扯著什麼天造地設、郎才女貌之類的成語想挽留我們，心意已決的育熙拉著我走到市集的另一頭。

我們在一處空地停下腳步，鋪著灰白地磚的這裡四通八達，就像園區的十字路口，除了我們身後剛剛離開的那區，左邊還有一排打著象牙白大傘的攤位，右手邊則是一棟棟類似廠房與倉庫的低矮建築，而我們正前方是片青綠草坪，和那座宛如地標的爬牆虎煙囪。

「哎，心譽果然是需要人照顧的小孩子呢。」育熙終於鬆開手，無奈地看著我，「紅嬸說你要自己來文創園區，還不肯讓藍叔送你，我本來以為尹心譽小朋友終於長大了呢。」

「我一個人也不會有問題，有 Google Map 呀。」

藍叔陪我也不是不行，只是想像一下梳著俐落油頭白髮、高高壯壯又總戴墨鏡的他，如果和我並肩走在這裡會嚇到遊客吧——就像影視劇那些收攤位保護費的狠角色。充滿空氣感的文青味瞬間變成激情澎湃的八點檔了。

「笨、蛋！你剛剛不就差點亂花錢了嗎？」

「老闆說那些手鍊都是他親手做的，還可以客製……」

「手作商品本來就這樣呀！其他攤位的商品也都出自攤主之手呀！有的還能現場弄給你呢。」

「哇！好酷啊——太酷了吧！」

我興奮地轉動腦袋，看著兩旁人潮漸多的市集，突然覺得自己好傻，怎麼一踏進園區竟然一直盯著天空，不多留點心思逛逛身旁的攤位……

「不好好盯著，心譽大概會從第一攤買到最後一攤吧！」

「那都是大家用心製作的作品呀！」

——怎麼能不用新台幣支持呢！

「心譽，那些是商品。」育熙認真看著我，「要像心譽的畫那樣才能稱為作品。」

我困惑地回望她，她猛地甩甩頭，又恢復成精神抖擻、吵吵鬧鬧的模樣。

「總、之！幸好我決定陪你這個嚴重欠缺生活常識的笨蛋過來！不然你正事都還沒辦妥，就花到連坐公車的錢都沒了！」

「我……會這樣嗎？」

「——絕對會！」

「咦，這不是一年級學弟嗎？你好早到唷！」
一個甜甜的嗓音突然響起，回頭一看，一票美術社學長姊出現在我身後。
「新社員的集合時間是十點半呢，我們才剛做完準備說。」
向我搭話的是社團公關長，呂乙寶，小寶學姊。
小寶學姊有張好脾氣的圓臉，或許因為今天是校外活動，臉上化了鮮豔的桃紅妝容，一襲猶如蒙德里安（註14）畫作的印花短洋裝，鎖骨上繫著有些泛黃的蕾絲領子，類似日本昭和復古風的打扮，這與她短而蓬鬆的捲髮形成微妙的視覺碰撞。
「時間也差不多了呀，再七分鐘十點半。」
戴著黑粗框眼鏡，瘦削到會被風吹走的阿瓶學長──汪瓶習──看了看腕上的智慧手錶。阿瓶學長除了畫畫外，對程式、動畫也有研究，而且非常會使用生成式AI製圖。
「倒是其他一年級的，不會遲到了吧。」
二年級中最帥的楊棣堂學長說道，他是美術社的活動長。

註14：皮特・蒙德里安（Piet Mondrian），荷蘭畫家，現代藝術先驅，創造自稱為「新造型主義」（又稱「幾何形體派」）之風格，活用線條和色塊，追求極簡、抽象的藝術形式。

「希望大家不會逛市集逛到忘記要來參加社遊……」

留了頭飄逸中長髮的張椋學長柔聲說著，他手裡提著顯然是市集戰利品的紙袋，沒想到他還有除了二次元美少女以外的興趣。

棣堂學長鷹般的目光掃向育熙，面無表情地問：「妳也是一年級社員嗎？」

「啊，我不是……」

育熙擺了擺雙手，正想開口解釋，小寶學姊竟一溜煙竄了過來，擋在育熙和我的中間，饒有興味地打量我那手足無措的青梅竹馬。

「這百分之兩百是學弟的小女友吧。」

「學姊，不是這樣的——」我趕緊否認。

「真甜蜜，社遊前和小女友先手牽手約約會呢。」

「不是的話，難道是剛剛搭訕到的？」

「不、她只是我的同班同學……」

「欸，學弟，看不出來唷，挺有一套嘛。」

小寶學姊起了頭，竟和阿瓶學長一搭一唱，沒有我插嘴的餘地。

棣堂學長盯著育熙的表情愈漸嚴肅，恐怕他不希望美術社活動出現非社內人士吧。

「報告各位學長姊，我、我和心譽是從小玩到大的！我、我就像他的——」

育熙立正站好，或許是禁不住這麼多陌生前輩的目光和戲弄，她難得滿臉通紅。

「——媽媽一樣！」

並且，說出了令全場鴉雀無聲的驚人之語。

●

「哈哈哈哈！然後咧？你那位同班從小玩到大的媽媽咧？」

「我、我不知道……」

育熙做完出乎眾人意料的發言後，立刻捂著臉，飛也似地衝進人潮，瞬間消失無蹤。

我本想追上去，但張椋學長看見煙囪的陰影下，社長與芳郁學妹、徽徽學妹早就站在那裡等大家了，一旁還圍繞著數位一年級社員，全體人員到了一半，活動即將開始，我也不好意思因個人因素耽誤到美術社的行程。

畢竟能和大家來這個新開放的文創園區，都多虧學長姊精心規劃了社遊啊。

「感覺不錯正喲——尹心譽，你說她跟你同班對不對？」歐思凱眨著發亮的雙眼，有所期待地盯著我。

「我們從幼幼班一路同班到現在。」
「哇！好無堅不催的緣分啊！這樣我還有機會嗎？」
「我們一直都是很好的朋友。」
「欸欸，下禮拜去你班上，介紹給我認識吧！」
歐思凱勾住我的脖子笑盈盈地說，身後彷彿有條貓尾巴緩慢擺動。
「不過……假如我跟那個妹子交往……我不就變成你爸了嗎？哈哈哈！」
「歐思凱！你有在聽公關長宣布注意事項嗎？」
歐思凱瑟縮了一下，棣堂學長的聲音渾厚雄壯，就跟他給人的感覺一樣不容違逆。
棣堂學長家中是經營宮廟的，規模似乎不小，他的作品也常以民間信仰作主題。我曾看過他的素描，畫的多是廟宇石雕、剪黏(註15)、神像、金爐等等，或是廟會文武陣頭，光是習作就超乎想像的精細又極具威嚴。
「抱歉！學長！我剛剛沒聽清楚！請再說一次，謝謝！」
棣堂學長還想大聲斥責，小寶學姊阻止了他。
「好啦、好啦，我就大發慈悲說最後一次唷！請各位聽好。」小寶學姊笑容滿面地搖晃手中一疊小卡，「等等我會發下第一副卡片，大家拿到後，請和其他一年級的確認彼此的卡片內容，請與同家族的社員一組。」

小寶學姊將卡片交給張椋和阿瓶兩位學長，他們迅速將十四張名片大小的卡片分送到所有一年級社員手中。

「找到組員的學弟妹請一起舉手，我們會過去確認。」

煙囪下的草坪頓時熱鬧起來，大家端詳著手裡的卡片，躍躍欲試地探尋夥伴。

卡片的磅數很厚實，印在上面的圖片色彩飽和，工整典雅的細明體組成我的名字，烙印在圖片下方。

「欸欸，尹心譽，你拿到什麼？」

歐思凱歡欣鼓舞地靠向我，雙眼掃向我緊緊捏著的小卡。

「哇，好紅啊。」

「嗯，馬諦斯（註16）的《紅色的和諧（註17）》。」

註15：又稱「剪花」，起源自福建、廣東的建築嵌鑲技藝，僅臺灣以「剪黏」稱呼。最初為交趾陶的替代品，是以裁剪成形的陶瓷片，黏貼於灰泥表面，多裝飾於寺廟、宅邸屋頂及壁堵。

註16：亨利・馬諦斯（Henri Matisse），法國畫家，野獸派的創始人與代表人物。以大膽的色彩創造光線、表現生命力。

註17：Harmony in Red，亦稱《紅色房間》（The Red Room），馬諦斯的代表作，捨棄傳統透視法，以顏色協調性和裝飾性圖案創造和諧的空間感。

「欸……那跟我的算不算同家族啊？」

歐思凱殷切地展示他的小卡，同樣的白色卡紙上印了他的名字，與一幅以藍天綠地為背景的畫，五名硃砂紅的赤裸舞者手拉手圍成圈，扭動的肢體、躍動的姿態，炙熱、歡愉、富有生命力。

「對，這幅《舞蹈（註18）》也是馬諦斯的作品。」

「要給我確定欸！不可能這麼巧的吧！」

歐思凱開心地喊道，他拉住我的手高舉，振奮揮動我們的小卡，誇張的動作輕易吸引到不遠處徽徽學姊的注意，她蹦蹦跳跳地小跑步過來，捲髮上的蝴蝶結髮夾與一襲碎花洋裝，在晴朗的陽光下令人產生春天降臨的錯覺。

「哇，都是野獸派（註19）呢……」徽徽學姊推推圓框眼鏡，檢查我們的卡片，「想不到心譽學弟會是野獸派……」

「卡片不是隨機分配的嗎？」

聽她如此感嘆，我困惑地問道，徽徽學姊輕輕搖頭。

「卡片……是依據大家入社填的自介單設計的。」

我想起第一堂正式社課上，學長姊請我們花十五分鐘現場填寫自介單，再花了快三十分鐘要新社員輪流自我介紹。

「還以為學弟你會是莫內（註20）或雷諾瓦（註21）呢，居然是野獸派這麼重口味啊。」

阿瓶學長笑著來到我們身邊，他手裡握著一疊白色信封。

「野獸派很重口味嗎？」

我喜歡看各式各樣的藝術品，各時代偉大的名畫看的不算太多，但對大師的代表作多少有些印象，只是我對藝術史不太了解——哪位畫家、什麼樣的作品屬於哪個畫派？某某主義裡蘊含了哪些特色？有什麼重要意義？我總被這些文字和歷史攪得暈頭轉向。

註18：La Danse，此畫有三個版本，最早為俄羅斯商人委託繪製的裝飾壁畫，被視為馬諦斯職業生涯的基石，乍看簡單平面，卻以鮮艷色彩、構圖細節，創造出流動性與律動感。

註19：野獸派（Les Fauves）為20世紀率先崛起的象徵主義畫派，用色狂野、視覺衝擊強烈，不講究透視、放棄傳統遠近比例與明暗法，脫離自然的摹仿，表達自身強烈感受，主要由馬諦斯與「古典野獸」安德烈・德朗（Andre Derain）領導。

註20：克勞德・莫內（Claude Monet），法國畫家，「印象派」源於其油畫《印象・日出》（Impression, soleil levant），吸收當時的光學理論，經由寫生察覺過去被忽略的色彩現象，為歐洲繪畫史帶來重大的革新。

註21：皮耶－奧古斯特・雷諾瓦（Pierre-Auguste Renoir），法國畫家，印象派發展史上的領導人物之一，以人物畫著名，尤其是描繪女性形體，作品調性常能感受到家庭溫暖與愉悅休閒的氣氛。

記得在小學四年級時，曾因為好奇請藍叔幫我找來一套又厚又重的精裝版《西洋美術史百科全書》。我翻了兩頁後，再也沒打開過那套書。

——野獸派真的很重口味嗎？

《紅色的和諧》有著大面積的鮮紅，點綴藍色裝飾花紋，左邊窗外是鮮明的藍天與綠地，右邊則是擺放蔬果的女子，一切就像在某個寧靜舒適的午後，餐桌前的我無意間瞥見紅嬸端上水果的畫面，屋內非常溫暖，屋外開花的樹隨風搖曳。

「大家都找到夥伴了嗎？」

小寶學姊高聲詢問，阿瓶學長來不及回應，匆匆塞了一枚信封給我，隨後與徽徽學姊一同去關心另一組新社員的小卡。

「我覺得我的很重口味呀，裸體之舞耶。」

歐思凱帶著神秘笑容靠向我，挑動他的眉毛，像水族箱裡的水草。

大概過了三分鐘，穿梭於新生之間的學長姊紛紛完成任務，回到最前方，兩兩成對的一年級生部分已經熱絡地聊了起來。小寶學姊舉起雪白的信封大幅度地揮動：「都拿到信封了嗎？先不要打開啊——」

「——通通注意！」

果然還是得靠棣堂學長的威嚴才能震懾全場，大夥兒關上嘴巴，壓抑著對信封的強烈好奇心。

「每組信封的內容物都一樣，不用偷看別人。」

小寶學姊話音甫落，正想藉此向女社員搭話的歐思凱，苦笑著縮回我身旁。

「等等打開後，可以得到兩張一日園區無限通行卡、一份包含園區內外與周邊目前所有展覽的簡介和地圖，以及一張由社長、教學長和我一起出題製作的『謎題卡』。今天的活動非常簡單，這是我們二年級學長姊——獻給各位一年級新社員的挑戰！」

小寶學姊邊說邊動手拆開彌封的信封，從中抽出那份厚厚摺疊的園區簡介地圖，和那張刻意用地圖遮擋了大部分資訊的卡片。

「請和夥伴共同合作，有腦出腦、有眼出眼、有力出力，一起解開謎題，答案就在這座園區裡！第一個解開謎團的組別，可以獲得家長會特別贊助的『英國溫莎牛頓專家級十二色塊狀水彩竹盒套裝』……」

「哇哇！」

「真的假的啊？」

「一組也要三四千元吧？」

聽到家長會贊助了獎品，所有人都蠢蠢欲動了起來。

「第一名的那組是一人一盒套裝！獎品已經鎖在社辦儲藏室了唷，下週社課會由老師頒獎！」

小寶學姊得意地笑著，有的社員已經迫不及待高舉信封，渴望透過陽光搶先看見謎題的枝微末節。我的手指輕搓了下信封，雖然紙是白色的，但這個質地與磅數顯然不易透光，更何況信封裡還夾著印刷花俏的地圖簡介。

「最後，無論各組有沒有解開謎團，請務必準時在下午三點回到現在這裡集合。接下來是提問時間，有問題請舉手，沒有我們就原地解散——」

「解謎的方式不限嗎？」站在歐思凱隔壁的女同學問。

「不限唷，兩人想破腦袋也想不出來，要打電話求救或是發限時動態集思廣益都可以唷。」小寶學姊不懷好意地笑著，「但是啊，如果露高美術社特地為學弟妹準備的謎題，需要到處問人才解得開的話，好像有點不好意思唷？而且網路募集的答案也不一定正確，回答也不見得即時，說不定會浪費掉許多時間唷？想獲得獎品，還是靠自己的力量最保險吧？」

——聽起來像威脅呢……

小寶學姊的一席話，成功讓這位女同學打退堂鼓。

「給各位一點額外的小提示。」

唰的一聲，學姊抖開園區簡介，整張印刷品幾乎遮住她的半身，一面印著地圖，另一面羅列了所有展覽資訊，她的另一隻手展示著兩張灰棕色塑膠卡片。

「實在沒有頭緒的話——就去看展吧！給各位的通行卡能不限次數自由進出園區的所有展覽，展場說不定會有線索唷！好，還有其他問題嗎？」

「只有第一名有獎品嗎？」

「問得好！我們本就準備了一些小心意提供給前三名，雖然實際價值比不上家長會的贊助啦，但是啊，卻有學長姊們滿滿的愛唷——」

「還有其他問題，直接在群組發問。」棣堂學長出聲中斷小寶學姊閒談，他抬起右手，邊盯著手錶邊對我們宣布：「現在時間十一點整，原地解散，自由活動！」

一年級出席的新社員十四名共七組人馬，在棣堂學長一聲令下，除了我們身旁那兩位女社員外，另外五組一年級生一哄而散，有的人邊跑邊粗暴地拆著信封，有的人好不容易拆開信封，裡面的小卡和地圖差點被風吹走。

學長姊目送大家離去後，七人聚集在一起，似乎在討論接下來的工作分配。

「尹心謦，快點打開呀——」歐思凱催促著，身旁那兩位女社員已經退到十公尺外的樹蔭下，彷彿對歐思凱高昂的情緒感到害怕。

我以指甲拆開信封口，取出裡面的四件物品，並將其中一張通行卡交給歐思凱，接著是那疊厚地圖與簡介，最後才是最關鍵的謎題卡。

謎題卡選用的紙張和剛才的分組小卡一樣，厚實而有質感，尺寸有些特別，約莫是手掌大小的長條型，雙面都是乾乾淨淨的白底。

小寶學姊所說的謎題，應該是指印製在卡片雙面正中央的圖案吧。

「什麼意思啊這些？」

隨意翻閱完展覽簡介的歐思凱湊了過來，皺眉盯著那張卡片。

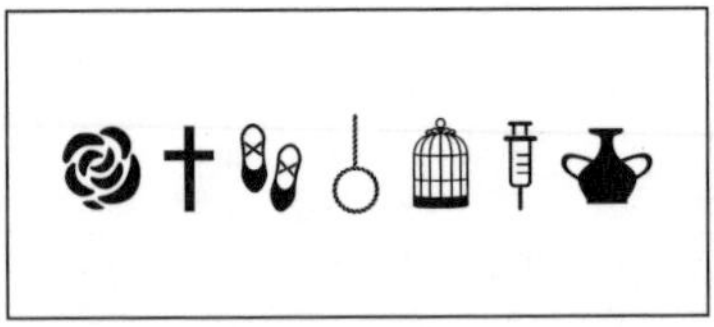

謎題卡其中一面橫著印了七枚黑色圖標，圖標造型簡約。另一面則印了一個 QR Code 和一只採用打凹加工，像是展翅向上的飛鳥圖樣。

「……暗號嗎？」

「居然有七個！我看看啊，第一個是阿拉花瓜、第二個是十字架，然後是麵包、撈金魚的網子、籠子、針筒跟……甲蟲？」

「什麼瓜？」

我不解地看著歐思凱，他像是不曉得該怎麼解釋，困窘地笑了笑。

「欸，好孩子還是不要亂學、不要亂學。」他迅速轉移話題，「那你覺得這七個是什麼東西？」

「在我看來，從左到右依序是玫瑰花、十字架、鞋子、放大鏡、鳥籠、針筒，最後一個是花瓶之類的器皿。」

「嗯嗯，我們唯一沒有共識的就只有第一個、第三個、第四個和最後一個，很好、很好，離真理就只剩四步之遙。」

「歐思凱，卡片還有背面。」

我翻到印了 QR Code 的那面，他尷尬地邊笑邊抓抓頭。

「好吧，那還有五步之遙。」

「先掃看看吧。」

單靠那七個圖案實在摸不著頭緒，歐思凱和我也不過兩個人，就無法在七個圖標的聯想上取得過半共識，或許在看過 QR Code 的線索後，配上那隻振翅飛翔的鳥，答案就能呼之欲出了？

我們不約而同掏出手機，對準由各種黑白方塊組成的正方形圖碼。相機APP開啟後，內建代碼掃描器功能自動框定，迅速讀取到一組網址。我輕點畫面浮現的黃色提示，螢幕立刻跳轉，打開 Safari 瀏覽器。歐思凱也用他 Android 手機內安裝的行動應用程式，得到同樣的結果。

白色頁面停頓了數秒，接著，一個圖片如畫軸般展開。

青白橡（註22）的底色上疊加了筆觸隨性的練色與水色，宛如一片塗滿蠟筆痕跡的土牆，同樣的筆觸在正中央勾勒出頭頂長了兩根長長彎角，卻有著結實人類身軀的特異生物，臉部肌肉既像積累風霜的成年男子，又似面目猙獰的凶猛野獸。

「這是什麼哇……哇！這怪物會動啊！」盯著手機的歐思凱驚呼連連。

這幅怪獸畫作並不只是一幅畫，在網頁資訊完全載入後，那頭生物活了起來，牠歡呼似地上下舞動雙手，赤裸的雙腳也一左一右不停交換踏步，就連長著犄角的腦袋都搖頭晃腦著，咧開的大嘴開開闔闔，猶如歌唱，猶如狂嗷。

「居然是動畫！什麼意思啊？」

「……好像有音樂。」

我調大音量，鋼琴連綿不絕的琴音與小提琴激昂華麗的拉奏同時竄出，成為野獸主角的最佳配樂，牠跟隨音樂跳著充滿異國情調的舞蹈——是義大利？西班牙？還是歐洲中部或東部的民族音樂？

歐思凱的手指拖拉著畫面放大又縮小，絲毫看不出端倪，也找不到能控制影片的操作介面。

「你知道這什麼歌嗎？」

我聳了聳肩。

「萬一這也是解謎關鍵怎麼辦？我不聽這種音樂的啊！」

「小寶學姊說可以向外求助。」

「——我們怎麼能這麼沒志氣啊！」

「那麼……」

我指指歐思凱緊捏著的地圖，他趕緊與我一同合力攤開十字三摺式的設計，我們翻到印滿展覽簡介的那面。

「學姊也說了，展場裡可能找得到答案……不如先挑個展覽逛逛吧。」

「好主意！」歐思凱整張臉都埋進簡介裡，一邊掃視表格一邊嘟囔：「這麼多，要

註22：青白橡（あおしろつるばみ），日本傳統色，接近灰色的淡黃綠。

從哪個開始？」

雖然還沒細讀每個介紹，倘若單從主題去做挑選的話——

「這個，如何？」

我指向剛好被排在左下角，一個很不引人注目的展覽。

「《神話與史詩》？好像很硬啊……都展古文物？」

「跟我們拿到的謎題感覺有點相關，也許影片裡跳舞的是神話中的牛頭人——」

「——娘子啊，快跟牛魔王出來看上帝。」

「什麼？」

這麼說雖然有點不好意思，但很多時候我實在不懂歐思凱說的話，即使感覺得出他八成都在搞笑，我的大腦卻沒有儲存相關資訊，如果追根究柢請他解釋笑點，尷尬度恐怕會再翻好幾倍。

「說到牛頭人就會想到牛魔王吧？或是……沙茶醬？」

「園區裡有其他和牛魔王有關的展覽嗎？」

我以為自己看漏了，連忙低頭再次查看所有的展覽主題。

歐思凱忽然一把抓住地圖，將那張大紙折疊成原本的樣貌。

「尹心譽，你很容易在不重要的事情上認真過頭耶。」

他將地圖跟謎題卡塞回信封，轉交給我。

「今天是社遊啊！顧名思義就是出來玩的嘛！放輕鬆、放輕鬆——就聽你的，我們去看那個歷史課的展吧！」

⬟

走出由酒品倉庫改造成的展場時，已經快一點了。

「累死了，沒想到裡面還滿大的嘛！一個展就花了兩個小時啊！」

剛重回秋陽的懷抱，歐思凱便彎下腰，雙手賣力敲打大腿，他的背包掛滿紀念鑰匙圈——諾索斯皇宮（註23）壁畫裡的海豚、公牛和獅鷲（註24）在他身後叮噹作響。

「比預期的有趣很多呢。」

註23：歐洲最古老的邁諾斯文明(Minoan civilization)遺留的青銅時代遺址，位於希臘克里特島(Crete)北面近岸處，比現在大眾熟識的古希臘文明早至少一千年，卻神秘消失，直到1900年才發掘宮殿遺跡，被認為是希臘神話中國王監禁牛頭人怪物彌諾陶洛斯的迷宮。

註24：西亞到地中海一帶的傳說生物，獅子身體、老鷹的頭和翅膀，又稱「格里芬」，常被視為尊貴強大的象徵。

我邊說邊看向身後以諾索斯皇宮遺址石牆為素材，貼上大圖輸出布置的倉庫外牆。接近灰色的淡淡黃綠和那支舞動牛頭人影片的底色極為相似，出入口處仿照遺址重建的部分，立起五根長短不一的鮮紅圓柱，意外與倉庫外本就屬園區裝飾物的七個大型陶製酒罈非常協調。

以鮮豔的宮殿遺址照片和蛇女神雕像作為背景，深棕色的立體黑字《神話與史詩：愛琴海文明特展》鑲嵌在上，這樣的設計彷彿向外宣告展覽本身充滿學術性的枯燥，顯然吸引不了遊客的目光，觀展民眾稀稀落落，我們甚至只遇到一組美術社夥伴。

「對啊，紀念品也很好逛。」

歐思凱刻意搖晃他的後背，讓那十隻古壁畫動物繼續發出清脆的金屬碰撞聲。

「可惜彌諾陶的紀念品都太貴重了，不是大型陶瓷存錢筒，就是巨大銅像！我沒辦法扛那麼重的東西跑一整天啊！」

「畢竟彌諾陶洛斯是邁諾斯文明中最家喻戶曉的神話，而且世界各地都有牛崇拜的文化，看完展大家都會想帶主角週邊回去吧。」

我想起在走入宛若迷宮的展場時，某條無路可走的小型宮室牆壁掛著世界地圖，標示出不同地域的公牛像與牛神像，一旁密密麻麻條列出大量資料文獻，從東方蚩尤、印度濕婆座騎南迪，歐思凱念念不忘的牛魔王，到西洋星座裡的金牛座，甚至還有華爾街銅牛……所有和牛有關的神話、傳說、創作無一遺漏。

宮室正中間擺放的，正是目前收藏在雅典國家考古博物館的彌諾陶洛斯胸像複製品。

雖然頭上的雙角雙耳、整條右手臂和左手腕皆已斷折，但銅鈴般的眼睛、張揚的鼻間、頸部與面部皺摺，還有那滿是健美肌肉的身軀，高七十三公分左右的雕像複製品依然散發出那股似人非人的狂野氣息。

當展間的燈光設計刻意聚焦在它身上時，我一度以為它會活起來，就像希臘神話故事裡描述的，吃掉誤闖迷宮成為貢品的我們。

「現在可以確定影片裡跳舞的就是彌諾陶洛斯了吧，那個動畫影片大概是阿瓶學長做的。」

歐思凱在一張用三個陶製酒罈與石板製成的長椅坐下，一臉倦容地瞅著我。

我盯著謎題卡坐到歐思凱旁邊，兩人霸占了理應能容納三四個人的座位。

「嗯，但是整場展覽，好像沒有和這七個圖示有關的線索……」

撇除最左邊的玫瑰花和最右邊的陶壺，不管是十字架、鞋子、鳥籠還是針筒，都和存在於公元前三千五百年到一千一百年青銅時代的邁諾斯文明扯不上關係，更別提最中間那個看不出所以然的圓圈圈了。

「會不會是代達羅斯蓋迷宮用的工具啊？」歐思凱指著卡片，由右往左煞有其事地一一細數：「裝了克里特阿比（註25）的藥酒壺、鑽地的鑽子、關彌諾陶的籠子、套彌諾陶的繩索、工作手套、敲石頭的十字鎬，還有——阿拉花瓜！」

「那個花瓜到底是什麼？」

「咳咳……小朋友還是不要知道好了。」歐思凱清清喉嚨，故意轉移焦點，繼續強調他的新聯想：「反正啊，這些一定就是指代達羅斯（註26）的工具啦！這樣正反面就連在一起了！」

即使那七個圖案都是工具，但硬要和希臘神話中知識與技藝聞名的建築師代達羅斯扯上關係未免也太牽強了，再說學長姊設計的謎題，真的會這麼單純嗎？

「假使解答就如你所說的，下一步該怎麼做？收集所有工具嗎？」

「對對對！你說對了！我們得收齊七樣代達羅斯工具現代版，召喚神牛啊！」

——我已經分不清楚歐思凱話語中哪些是開玩笑的，哪些是認真的了。

實在很難相信謎題的解答就是歐思凱所說的，若真如此，那整個謎團與活動設計，又與美術社有什麼關係呢？學長姊精心準備給我們這些新社員的挑戰，家長會贊助獎品又是水彩套裝，謎底不可能和美術的連結如此薄弱吧？

「目前社內應該也沒有人的興趣是建築……」

我找出地圖簡介，再次認真查閱當期展覽的簡介，想得到一些靈感。

除了我們現在的所在地，也就是作為《神話與史詩：愛琴海文明特展》展場的二號成品倉庫外，以舊酒廠改建的文創園區內，還有一號成品倉庫與材料倉庫兩個展間。

材料倉庫展的是以各種自動化機械、結合科技與文明的國內當代藝術得獎作品展《機械神》。至於空間最大的一號成品倉庫，則是熱門展覽《立體的格林童話繪本世界》，據說裡面不僅將華麗的立體繪本放大到真人走得進去的大小，還輔以大量的投影與聲光效果，鮮豔繽紛的展場成了絕佳的攝影棚，具現化的夢幻世界深受熱戀中的情侶和親子歡迎，記得一早育熙陪我過來時，好像說過她的朋友都去看了這個展覽。

「Instagram 上美美的照片，能一路更新到過年了呢。」

育熙雖是一副毫不在乎的半嘲諷表情，語氣裡隱隱透出些許羨慕。

我掏出手機，打開了 Line。

在她飛也似地逃離我身邊後，傳給她的三封訊息全石沉大海，不讀不回。

「尹心譽，下一個展覽決定好了嗎？」歐思凱瞄了我一眼，又看了看攤在椅子中間

註25：臺灣某種藥酒簡稱，銷售對象多為藍領階級。
註26：希臘神話裡技藝精湛的建築師，伊卡洛斯之父，據傳為監禁彌諾陶諾斯迷宮的建造者。

的展覽簡介，扮了個鬼臉，「難道剩下的展得全逛過一遍嗎？」

「《立體的格林童話繪本世界》和《機械神》，感覺都跟謎題沒有直接關係……」

「我是不太想和你去看那個熱門展啦！那種展覽就該約妹子一起去啊！」

「是說……」

我指指園區大門口對街，同樣重新啟用不久的市立美術館，那裡除了小型個人畫展外，正在展出《變形的魔術師：幻象畢卡索藝術展》，好像是將藝術史上代表性名作影像化、多媒體化，加入聲光特效，是近年蔚為風潮、標榜「沉浸式」體驗的展覽。

「美術館標記在地圖上，展覽簡介也列出這個展了，那也在參考範圍內吧？」

「哇！這樣就還有三個展要逛耶！不行、不行，就算時間夠，我的體力也不夠啊！」

歐思凱故作倦怠地埋怨著，然後，他的肚子響起一陣悶悶的咕嚕聲。

沉默瞬間降臨，數秒後，我的肚子也跟著叫了。

「哈哈哈哈哈哈——」

長椅上的我們忍俊不住地放聲大笑，嚇壞了正巧遛柴犬路過的情侶。

「下一站，還是先去這裡吧。」

我將簡介翻到地圖那面，指向煙囪斜對面的紅磚建築，上面標示了幾家咖啡廳與餐廳的名字。

「這個主意太讚啦！餓著肚子腦子也轉不動啊！」歐思凱從長椅上跳了起來，亢奮地直往不遠處的紅磚建築奔去，我趕緊慌張跟上。

我們所在的小徑正好位於紅磚建築的側面，必須繞過大半圈才能到達正門口。

可能是飢餓使然，歐思凱的腳步快得不像樣，我開始懷疑他的體力根本沒他自稱的那麼不好，反倒是缺乏運動的我追不上他的步伐，搞得自己氣喘吁吁。

空氣中飄蕩著陣陣咖啡香與濃郁的肉桂氣味，我不由自主地望向紅磚屋。

復古格子窗隔出兩個世界，綠意盎然的戶外空間朝氣蓬勃，光影對比強烈的室內蒙著一層淡淡昏黃。

這也許就是古蹟改造與重建的力量吧。

在歷史之外，屬於當代的活力與新生；在歷史之內，保存著過去的回憶與底蘊，而我們能自由地穿梭其中。

——能來這裡，真是太好了。

似曾相識的剪影，猝不及防地闖入我的視野。

正巧是窗邊的位置，纖細的長髮少女一如我記憶中那般靜謐、淡漠。

白皙的臉蛋上映照著些許窗外微光，但更多是室內的棕色陰影。

——不可能……認錯的吧？

她的側臉玲瓏有致，有著銳利目光的大眼直盯下方，直挺鼻梁連接著圓潤的鼻尖，櫻色唇瓣因專注而微啟。

即使隔了一扇窗與一道牆，我幾乎仍能感覺得到她略帶英氣，卻又揉和了純真小女孩的奇妙氣質，以及那比學長姊出的謎題還要令我茫然失措的神秘感。

「尹心譽！快點啊！」

終於察覺到我沒跟上的歐思凱停了下來，回頭大喊我的名字。

我下意識地捂住臉，不再盯著紅磚屋，專心趕路。

——她為什麼會出現在這裡？

「等等……」

我想起了那則使我們相遇的校園傳說。

「如果是她……」

星期三的魔女，是否願意再次對我伸出援手呢？

第五章　I. The Magician 魔術師

「很抱歉，現在客滿喔。」

在我趕到紅磚建築正門口時，歐思凱正挨家挨戶詢問餐廳空位。

「我們現在客滿，要幫您登記嗎？」

最後他將目標放在位於建物角落的咖啡廳，這裡跟園區一樣剛開幕沒多久，就以肉桂捲與大人味的焦糖烤布丁小有名氣。

不過，歐思凱選擇這裡的理由，大概是看中它最不人滿為患、最有可能迅速入座吧。

「同學，現在要先登記拿號碼牌唷。」

穿著白色圍裙的女店員好聲好氣地說，隨時準備在平板電腦上輸入資料，但歐思凱顯然不想按部就班慢慢來。

「姊姊，通融一下嘛，我們只有兩個人，那邊不是還有好幾張空的椅子嗎？」

歐思凱指的正是與格子窗比鄰的角落四人座，那位置上僅有內側沙發坐了一名客人。

我深深地吸了口氣，屏住呼吸。

「我們店裡沒有限時，前面還有三組客人在排隊，請先登記——」

「——不好意思，我們認識的人在那裡。」

不知道為什麼，我竟然脫口而出這樣的話，女店員和歐思凱都愣住了。

緊接著，我的雙腳居然主動邁開步伐，逕自走向那名客人。

「請問……這裡有人坐嗎？」

我的臉頰發燙，如果窗框上的玻璃能清楚映照出我的模樣，現在鐵定紅得像雞冠花。

方正的柿澀色（註27）復古木桌上，五本書籍大大地攤開、彼此交疊，占據了大半桌面，除此之外只有一壺紅茶和一只骨瓷杯，壺裡茶色淡紅，不知道已經回沖了幾次。她的長髮柔順地披在黑色襯衫上，若不是頸部到胸前兩片綴有蕾絲的白色大翻領，乍看之下就好像除了那張白皙小臉外，全身都被頭髮覆蓋似的，隱隱流露出一股不容打擾的氣勢。

她的眉頭微微皺起，麻雀頭頂似的茶色眼眸緊盯著書頁轉動，正全神貫注投入文字世界中，絲毫沒有察覺站在她面前的我。

「那個……我們可以併桌嗎，曾同學？」

我鼓起勇氣，喊了她的姓氏。

終於，曾萁蘳徐徐抬起頭，杏眼機警地往上瞅了瞅我，但很快又重回眼前的書中。

「請便。」

櫻色唇瓣毫無情緒地吐出兩個字，我趕忙回過頭，對著還在門口糾纏女店員的歐思凱揮揮手。

「我就說那是我們朋友嘛！」

「五桌再加兩位，這是菜單，我們的低消是一杯飲料，請到櫃台點餐。」

「姊姊，謝謝妳呀！」

歐思凱接下菜單，回以女店員燦爛笑容，隨後快步走來我身旁，我們同時拉開圓背款的胡桃色溫莎椅，同時坐下。

「我快餓扁了啊，這裡有什麼好吃的哇？」

歐思凱才剛坐定便著急地翻閱菜單，我有些為難地用肘關節抵了抵他的左臂，歐思凱困惑地看看我，然後又看了看桌子的另一側，那位彷彿當我們不存在的長髮少女。

註27：柿渋色（かきしぶいろ），日本傳統色，偏紅的茶色。

「曾同學，謝謝妳願意讓我們併桌……這位是一年忠班的歐思凱，他國中是讀雀茶的。」

我故作鎮定，嘗試替方桌兩側搭起社交橋梁，歐思凱目不轉睛地盯著曾萁藹，並以一種古怪的搞笑姿勢打招呼。

「這位是一年信班的曾萁藹……」

「——曾騎鹿？真奇怪，哈哈哈哈。」

曾萁藹猛地抬起頭，本來沒有表情的面容揚起一絲怒意，她鼓起腮幫子嘟囔：

「我討厭這個人。」

場面更加尷尬了，曾萁藹毫不掩飾地吐露不悅後，又埋首閱讀。

歐思凱湊到我的耳邊，壓低音量謹慎地問道：

「欸，尹心譽，這個女生是誰啊，可愛是可愛，可是怎麼怪怪的。」

「她就是星期三的魔女。」

「什——麼！」

歐思凱戲劇化地大叫，我急忙抓起菜單遮住他誇張的神情，盡可能用眉毛和眼神示意他先去點餐，幸虧歐思凱懂了我的意思，興沖沖起身走向櫃檯。

「歐思凱沒有惡意，他就是個動不動想作怪的人……我代替他向妳道歉。」

「無所謂。你們吃你們的，我看我的。」

曾萁躉輕柔地翻動書頁，她一會兒讀著正前方的書籍，一會兒又拉來擱置在右前方的書本，再過一會兒又突然翻閱起左手邊的書，她的目光輪流在五本書上奔走，看不出任何規律。

「欸，魔女同學，妳在寫作業嗎？」

「我在閱讀。」

歐思凱點完餐回到座位上，一開口就令我冷汗直冒。

曾萁躉眼睛向我們一瞟，正經八百地補上一句：「一種休閒娛樂。」

「怎麼不看電子書啊，背這麼多書出門不是很重嗎？」

「有些樂趣只能從真實的書本獲取。」

曾萁躉伸手倒了點紅茶，儀態優雅地飲用。

「而且，電子書沒辦法像實體書這樣全部同時攤開。」

「這些是什麼樣的書呢？」

我好奇地指指占據桌面的五本書問道，此時店員也將歐思凱點的餐點送上，他一個人居然點了一客含生菜沙拉的紅酒燉牛肉套餐、一個米漢堡、一塊巧克力巴斯克乳酪蛋糕，和一杯藍色的冰淇淋蘇打汽水，這下整個桌面一點空隙也不剩了。

「這本是最近新出的反烏托邦小說，那本是日常推理小說，這邊的是奧爾柯特（註28）的《小婦人》，你面前那本跟榮格派分析心理學有關，它旁邊的是當代藝術鑑賞理論。」

「為什麼要一次看五本啊？腦子不會打結嗎？」

歐思凱邊咀嚼邊問，他一出聲，曾萁蘐的左眉就會微微抽動，她顯然不打算回答歐思凱的問題，她輕輕放下茶杯，再次專注於書上，渾身散發出「不要再打擾我了」的氣場。

雖說與曾萁蘐相遇純屬巧合，但是當我看見她剛好出現在我們的目的地時，我想起不久前她替我解決了「錢仙之名」造成的煩惱，使我終於能夠不再畏懼獨自待在畫室，也不再畫出那些失去色彩的詭異畫作。

我不確定是上次的經驗使然，還是她特殊的行為舉止與氣質勾起我的好奇心——我不禁想再一次委託她。

「那個……曾同學……」我嚥了口口水，右手探進包包內袋，指尖觸摸到裝著謎題卡的信封，「有件事……不知道能不能拜託妳……」

我抽出信封時，歐思凱的眼睛瞪得好大，他詫異到眼鏡都快滑下鼻梁。

「今天不是星期三，我休假。」

曾萁蘿淡然地說，她移動身體，領子中間繫著的黑色蝴蝶結緞帶跟著晃動，伸長雙手取走離她最遠的那本當代藝術書籍翻閱。

「對、對耶！她既然是星期三的魔女，那不就能輕鬆破解學長姊出的謎題嗎？我們也不用那麼辛苦跑遍每個展覽！說不定還能贏到獎品——尹心譽，你太聰明了吧！」

明亮的杏眼狠狠瞪視歐思凱，曾萁蘿刻意一個字一個字咬字清晰地說道：

「我、今、天、休、假。」

「難道魔女一星期七天只上一天班？也太爽了吧！」

歐思凱每說一句話，曾萁蘿的怒氣值就像是增加一格似的，我還想不到說詞好打圓場，曾萁蘿便「砰」地一聲用力闔上手裡的書。

「欸欸欸，妳不會要走了吧？我開玩笑的啦。」

砰、砰、砰、砰、砰，曾萁蘿一一將另外四本書全部闔上，她毫不理會歐思凱的辯解，悻悻然將書本整理成一疊，堆放在她的左前方，然後轉身翻找擱置在身旁的酒紅色劍橋包。

註28：露意莎・梅・奧爾柯特（Louisa May Alcott），19世紀的美國小說家，代表作《小婦人》是以其童年經驗為本所作。

我的心跳莫名加速，明知道現在情況棘手，得快點勸曾萁薵留下，再想辦法勸她接下委託，然而，我的腦海卻一片空白。

我不知道我該說什麼才能挽留她，也不覺得她應該接受我們的委託，握在我手中的謎團不過是美術社的餘興活動，就算我們贏得了水彩套組，也無法與她分享。

曾萁薵從劍橋包中抽出摺疊整齊的帆布袋，那應該是她用來裝五本厚書的袋子吧。

「……為什麼是星期三呢？」

正準備將書塞進帆布袋的曾萁薵愣了一下，我這才察覺自己不小心將內心的喃喃自語脫口而出。

「啊！我只是在自言自語，請別在意。」

我驚慌失措地擺擺手，卻揮散不掉曾萁薵臉上的古怪神情，她像在評估什麼似地注視著我，遲遲不開口，我的雙頰又開始發熱了。

老宅改建的日式復古咖啡廳裡響起活潑而慎重的鋼琴琴音，高昂的小提琴接著竄出，興奮地拉出數個急速的同音，耳熟的旋律華麗展開，飛揚的琴弓在琴弦上恣意舞動，鋼琴穩定的敲擊猶如彌諾陶洛斯歡快地踏步。

「這首曲子……」

「——不可能這麼剛好吧？」

一口紅酒燉牛肉一口米漢堡的歐思凱驚嘆，我們都沒料到會在用餐時聽見這首樂曲。

「巴勃羅・薩拉沙泰（註29）的《西班牙舞曲》第六曲——〈查帕泰亞多舞曲（註30）〉。」

曾萁蘿淡淡地說，她提著裝滿書的帆布袋，一邊關上劍橋包的扣環，一邊側頭緊盯著我。

「曲子怎麼了嗎？」

——看來……勾起她的好奇心了？

「什麼什麼沙拉？」

我決定忽略歐思凱發出的任何聲音。

「我們拿到的謎題，有個部分剛好是這首曲子，有點驚訝居然在咖啡店裡也能聽到……」

「薩拉沙泰的小提琴作品一向很受大眾喜愛。」

註29：Pablo de Sarasate，西班牙小提琴演奏家、作曲家，以炫技聞名，擅長高難度樂曲，突破弓法與指法限制。最著名的作品為〈流浪者之歌〉（Zigeunerweisen, Op. 20）。

註30：Danzas Españolas: Zapateado, Op. 23, No. 2，薩拉沙泰為推廣正統西班牙音樂，創作了八首《西班牙舞曲》。

曾萁蘳撇開頭，提起劍橋包，稍微整理了一下儀容，我這才發現她的翻領黑上衣外面，搭配了荷葉邊吊帶拼接雪紡裙，由於都是相近的黑色，乍看就像成套的洋裝，細看卻充滿了精緻小細節。

「好熟悉的名字……寫〈流浪者之歌〉的人嗎？」

「嗯，十九世紀著名的西班牙小提琴家與作曲家，演奏技巧高超，當時被認為是帕格尼尼再世。」

「帕尼尼？怎麼都是吃的啊？」

「如果影片裡用的是西班牙音樂家的作品，答案會不會和西班牙有關呢？」我喃喃自語。

「喔喔，原來是這樣啊！畢竟西班牙也在愛琴海隔壁嘛！」

——我突然為歐思凱的地理成績感到憂心。

「你們不是美術社的嗎？」曾萁蘳蹙眉看著我們，猝然說道：「出題者沒想過，現在的小鬼怎麼可能會聽古典樂？」

「妳自己不也是個小姑——唔唔唔唔！」

我趕緊出手將半塊米漢堡塞進歐思凱口中，阻止他繼續亂說話。

曾萁蘳好不容易對這件事感興趣，千萬不能再讓歐思凱的胡言亂語疊加怒氣值了！

「音樂應該不是謎題的主軸……那首曲子只是短影片的背景音樂。」
「既然你們已經有了想法，更不需要我的協助了。」
「咦咦？」
我不敢相信地看著曾萁蘦，完全不知道自己怎麼突然又被她牽著走了，她騰出右手，對我們輕輕地揮動，嘴角帶著淺笑。
「告辭了。」
「等、等一下！曾同學！」
我慌張地握住那隻道別的手，腦子裡一團混亂，充斥著用力過猛的炭筆線團。
「上次『錢仙之名』的事真的非常非常感謝妳！假如沒有妳，我今天也沒辦法來參加社遊！」
長長的睫毛像扇子一樣不停眨動，晶透的雀茶色杏眼直勾勾看著我。
「能夠畫畫……能夠加入露草高中美術社和大家一起畫畫……是我最重要的夢想！假如沒有妳的幫助，我恐怕——」
「——太近了。」
她猛地抽回手，緩緩後退，退回沙發坐了下來。
——成、成功了嗎？

雖然不太確定怎麼一回事，但看曾萁蘙現在的反應，應該願意聽聽我的請求了？手裡似乎還殘留著她的溫度，如記憶裡的一樣溫熱柔軟。

我也坐回位置上，瞧了不再插嘴的歐思凱一眼，他正圓睜眼睛，大口吞著餐點，他居然把剩下的米漢堡全丟進紅酒燉牛肉裡，攪成一坨又紅又棕的神秘料理，然後對我比個大拇指。

曾萁蘙放下沉甸甸的帆布包，捧起深紅的劍橋包，看起來仍有些不太願意，但還是打開上蓋，從裡面抽出一張對摺的Ａ４紙。

「你知道規矩，一樣是十分鐘。」

就與我們初遇時如出一轍，即使她不是端坐在窗邊的課桌上，我依然覺得自己正仰望著她。咖啡廳裡的肉桂香氣與暖黃色調在她身上暈染開來，猶如沐浴在秋天的夕日裡，店裡嘈雜的人聲、碰撞的餐具，都幻化成操場上嬉笑奔跑的同儕。

曾萁蘙似笑非笑地遞上一紙說明書，直到現在，我仍舊不明白這個舉動的意義，彷彿僅僅是單方面滿足她個人追求的某種儀式感，然而，當我接過那張說明書時，我卻覺得自己就像名接受加冕的騎士。

我小心翼翼地打開除了中間那道摺痕外、平滑乾淨的「說明書」。

這次和第一次不一樣，縱使這張八十磅的紙同樣嶄新，上面並非潔白無瑕……

紙張的正中央，以黑色的中性筆畫了一筆寬鬆的螺旋曲線，簡單到像測試筆還有沒有墨水的塗鴉，但落筆位置與力道卻又正直認真。

「什麼意思啊？蚊香？」

歐思凱叼著蘇打汽水的吸管湊了過來，為說明書下了一個沒什麼用的註解。

我推開椅子，站了起來，曾萁藹不發一語地抬頭看我，桌面上擱置著正在倒數計時的手機。

儘管覺得一點道理都沒有，但是直覺卻告訴我——應該就是這個。

「對不起，請稍等一下。」

我拿著歐思凱留下的菜單，快步走向點餐櫃檯。

⬟

店員為我們送上餐點時，曾萁藹的手機碼表顯示為：05:13.09

朽葉色的粗陶盤上擺著剛出爐的三個肉桂捲，我另外點了一壺新的錫蘭紅茶與熱拿鐵，並請店員收走曾萁藹面前的那只空壺。

溫暖的肉桂香氣撲鼻，她深吸口氣，手指輕輕敲點螢幕，停止計時。

「什麼意思啊？妳畫的團團轉符號就是這個東西嗎？」

早已扒光所有米飯的歐思凱滿頭問號，他正忙著將蛋糕與汽水上的冰淇淋攪和在一起，變成某種詭異的新型餐點。

曾萁�目光凜冽地盯著我。

「我沒有像你一樣能將想法解釋清楚的能力。」

我不好意思地抓抓頭。

「這家店的肉桂捲實在太有名、烘烤的味道實在太香了，看到說明書上的圖案，直覺很難不聯想到……」

「我一向不認為直覺純屬靈感，或是深受某些非自然力量、神秘力量所影響。」

曾萁藹看向熱氣蒸騰的紅茶，緊繃的神情終於稍微放鬆。

「直覺不過是人們未意識到所接收的資訊，在接收時已經歷各類加工與影響的過程。正如你嗅到香味、記得店家的招牌甜點，這些資訊早早刻印在你的觀察中，你只是忽略了資訊與『說明書』的連結過程，或是以別種你擅長的處理方式、熟悉的形式進行過解讀，因為過程太過自然而然，導致自己無法意識到。」

歐思凱和我瞠目結舌地看著對面同年紀的少女，她難得說出一大串話，我卻不懂她的意思。

「……你連飲品都留意了。」

曾萁蘦在新送上的骨瓷茶杯裡注入新的紅茶，嘴角揚起淺笑。

「這就是長年學畫之人的觀察力嗎？」

「一般都會稱讚人家是『貼心暖男』吧。」

歐思凱賊笑著搶著回應，我將餐巾紙包妥的三根小銀叉分別送入大家手中。

「啊，我討厭肉桂，你們吃吧。」

歐思凱扮了個鬼臉婉拒，曾萁蘦倒是迫不及待地插起肉桂捲，免去了分切的手續，直接咬了一口。

「請闡述你的困境，時間限制是——在我吃完這一塊之內。」

眼前的少女下了指令，她鼓著腮幫子咀嚼甜點的樣貌，令我想到森林裡的松鼠。

我強忍腦中亂七八糟的聯想，將一直捏在手裡的信封擺上桌面，緩緩推至她的面前。

「我們想要知道謎題的答案，以及接下來該採取的行動。」

「——我們也想得到第一名才有的進口水彩套組！」

歐思凱興奮地說，他嘴邊沾了一圈巧克力和香草冰淇淋。

曾萁蘦放下咬了兩口的肉桂捲，喝了口茶後，儀態儒雅地取出信封裡的卡片與地圖簡介，一手撐起下巴，一手捏著謎題卡瞧了瞧，卡片在她手裡來回翻了兩次。

「QR Code 掃描後會得到這個影片。」

我展示了那隻不斷重複舞蹈的牛頭人動畫，謹慎地調節音量鍵，讓薩拉沙泰的〈查帕泰亞多舞曲〉以不干擾到鄰座的聲量播放。

接著，曾萁藹徐徐嘆息，默默將印刷品堆疊整齊，推回我的面前。

「如果我走過的所有道路都被標記在地圖上並連成一線，那可能代表一頭彌諾陶洛斯。」

曾萁藹如朗誦詩句似地說著，歐思凱與我面面相覷。

蔥白的手指敲敲桌子，示意我們低頭看。

「謎底就是與薩拉沙泰同名的西班牙畫家——巴勃羅．畢卡索（Pablo Ruiz Picasso）。」

經由她手摺疊過的地圖，向上展示著對街市立美術館的那一頁。

「不、不會吧！」

歐思凱震驚到推開椅子站了起來。

「這些謎題卡、這些資料……妳才看不到三十秒，不對，根本沒花三秒鐘吧！妳就這麼有把握？」

「——剛才那句話，是畢卡索在一九六零年代時說過的，他的畫作主題始終不乏公牛以及彌諾陶洛斯。」

曾萁蘢插起肉桂捲，不以為然地輕啃酥脆的焦糖色麵皮。

「是嘛？」歐思凱狐疑地望向我，「我怎麼好像沒什麼看過他畫的牛？」

「畢卡索的牛，最知名的是一個版畫系列吧？」我捏著下巴回想道，「以減法方式，將牛的形象從具體簡化成抽象符號……」

「是嘛？是嘛？」

歐思凱一臉困惑，依據他社課上的自我介紹得以知道，他喜歡畫畫和酷炫的裝置藝術，但並無相關經驗，平常也很少涉獵平面畫作，為了想學裝置藝術才加入了感覺好像相關的美術社。

「兩位都是美術社社員，對你們而言，畢卡索的代表作是什麼？」

曾萁蘢略顯無趣地問，歐思凱眉頭深鎖。

「嗯……顏色鮮豔可是臉很奇怪的裸女？」

我不像歐思凱那樣急著回答，畢竟畢卡索的畫作實在太琳瑯滿目了，不同時期、不同的風格、不同的媒材，傳達出的情緒與資訊都不相同，他的作品多到難以令人記得一清二楚。

但是，什麼樣的作品足以稱為「代表作」呢？

之於欣賞者，或許是一眼能看出作者身分，擁有濃郁個人風格的作品吧。如果視角轉換，變成由作者本人的觀點出發呢？身為創作者，又希望什麼樣的作品能被世人稱為代表作？對於畢卡索，他會希望自己在歷史上、在藝術史上留下什麼樣的印記？

深思曾萁蘦提出的這個問題後，我想到一幅呈現出來幾乎無色彩的鉅作，一幅乍看聯想不到這名多變的魔術師的巨型作品，有別於他廣為人知的奇麗色彩與炙熱愛情。

「……大概是〈格爾尼卡（註31）〉吧？」

巴黎世界博覽會開幕前夕，畢卡索受到西班牙大使館委託製作展覽館的大型主視覺，此時西班牙正處於後來被視為第二次世界大戰前奏的內戰時期，故國傳來古都格爾尼卡遭到德義聯軍空襲的消息——這是人類歷史上第一次無差別地毯式轟炸，平民死傷無數。

〈格爾尼卡〉雖然只有白灰黑的色調，但畫作本身的視覺與心靈衝擊性和警示性既震撼又沉重，絕對是人類歷史上重要的反戰之作。

「那幅畫確實繪有一頭公牛，普遍認為其象徵有著鬥牛傳統的西班牙。」

曾萁蘦微微點頭說道，她的速度很快，肉桂捲已經吃到剩一半了。

「也有人認為那頭公牛是國家不屈不撓的精神，或是在譴責內戰中枉顧生命的獨裁者，無論其背後真正的象徵意涵為何，基本上畢卡索本人一向不喜歡解釋自己的畫。」

〈格爾尼卡〉裡描繪的牛、版畫裡的牛，還有被仿製成短影片裡手舞足蹈的牛頭怪，不會只為了訴說一種意象而畫，牠們存在和被創造的意義都不相同，如果要瞭解題目中彌諾陶洛斯的含義，就必須搞清楚影片參考的是哪一幅作品……

我低頭看著簡介上的《變形的魔術師：幻象畢卡索藝術展》，也許小寶學姊宣告的提示，就是指這場展覽必定出現她們所參考的畫作。

「只要有心，人們總能輕易讀到許多關於畢卡索與公牛、甚至是彌諾陶洛斯意象的研究，姑且不論各個畫作出現的這些分別代表什麼，你們這幅仿作參考的原型，應該是源於一件八十多年間只公開展覽過兩次的作品，畢卡索在世時一直由他本人收藏。」

「妳已經知道是哪一幅畫了？」

我難以置信地看向曾萁蘐，她語氣平穩地斷定：

「〈女人與彌諾陶洛斯（註32）〉，二零一九年出現在倫敦的拍賣會上，作品繪製的時間和〈格爾尼卡〉差不多，當時國際局勢動盪，畢卡索的私生活也痛苦不堪——雖然那是他自找的。」

註31：Guernica，畢卡索最著名的繪畫作品之一，繪於1937年。
註32：Femme et Minotaure，作於1937年，畢卡索的神秘傑作。

「欸……沒想到妳很懂畢卡索嘛，妳也畫畫嗎？」

歐思凱挑動眉毛好奇地問，他已經消滅完所有的餐點，心滿意足地攤在椅子上。

「不，我只是在曾經讀過的書籍中，接收到與他相關的資訊。」

纖長的睫毛隨著她的視線垂下，委託談到現在，她總算流瀉出些微情緒。

「書籍披露的絕大多數資訊都攸關他的感情世界，我無法不對周旋在他身邊的歷任女性感到憂傷。」

曾萁蘦放下最後一小口肉桂捲，將她的手機畫面展示給我們看。螢幕上是幅色調和牛頭人之舞動畫很接近的畫作，但還是有著明顯的不同，原作媒材使用了蠟筆與鉛筆，原版的青白橡底色不是顏料，更像是畫板原本的顏色。

畫面裡的彌諾陶洛斯一腳踩著船緣，一腳踏入海中，像是想離開這艘小船。船上除了牛頭人以外，在右側與左側還繪有另外三個角色，其中兩人的肢體扭曲，臉孔朝天，簡化的性徵能輕易辨認出那是衣不蔽體的女性，唯獨一名棕髮女子直視著牛頭人，她身裹單薄布料，戴著長了翅膀的面具，她似乎乘著另一艘船而來，正巧扶住了其中一名落船的女性。

——看起來是一幅非常私人，並且赤裸裸袒露畫家內心世界的畫作。

「如同這幅畫，中央的彌諾陶洛斯猶如畢卡索自己的化身，祂背著風帆，像是急於跳船，卻也像是引領他人……在我眼中，這姿態彷彿德拉克洛瓦（註33）的〈領導民眾的自由女神〉，只是環繞祂的是當時與畢卡索情感糾葛複雜難斷的三名女子。」

曾萁蘙指著畫作右側，最為扭曲、雙手遭到反綁的女子。

「第一任妻子，奧爾嘉・科克洛娃（Olga Khokhlova）。」

接著她指指畫面左下方，似是昏厥、擁有一頭金色捲髮的女子。

「為他生下女兒的情人，瑪麗－德蕾莎・華特（Marie-Thérèse Walter）。」

最後則是畫面左上方，擁有雙翼的棕髮女子。

「以及被推測代表那個時期的新歡——朵拉・瑪爾（Dora Maar）。」

「哇！三角戀啊！」

「畢卡索一生中留有紀錄、成為其著名繆思女神的情人有七位。」

「哇靠，七仙女啊！都快能湊兩桌麻將了！」

歐思凱咂咂舌，不停搖頭。

「不對、加上他自己剛好兩桌……嘖嘖，太渣了！」

註33：歐仁・德拉克洛瓦（Eugène Delacroix）19世紀法國著名浪漫主義畫家，其1830年代表作《領導民眾的自由女神》影響了作家維克多・雨果，名著《悲慘世界》是對該畫作的呼應。

「畢卡索的戀人——剛好七名嗎？」

我的大腦像被無形的木槌重擊了，我怔怔地將謎題卡翻到另一面，正好印了七個圖示的那面。

「看來這七個圖案，絕對不是什麼代達羅斯的建築工具……」

「啊？不是嗎？不是傳說中能召喚神牛的七聖物嗎？」

「是時候去美術館逛逛了。」

曾萁蘦吞下最後一口肉桂捲，端起茶杯一口飲盡，然後滿足地望向我。

「你們急著尋找的答案，全都展示在那裡。」

⬟

市立美術館屹立於文創園區對街，隔著一條尖峰時刻略為繁忙的街道，就如同文創園區是過去日治時期的舊酒廠，一樣剛重新啟用不久的美術館，也是日治時期的菸酒公賣局，轉角有著優美圓弧設計的外牆，上面貼滿復古的淡黃褐色橫紋折線磚，淺蔥色的木格窗保有舊時代的風情。

曾萁蘦領著我們快步走向入口，她細心呵護懷裡的紙袋，裡頭裝了歐思凱不吃的肉桂捲，劍橋包被她改為能上雙肩的形式背在身後，右肩則擔著裝了五本厚書的帆布袋，歐思凱與我好說歹說，她依然不願意讓我們分擔重量。

她的黑髮婆娑，熟門熟路地將行囊鎖進大廳一側的置物櫃，直到來到特展票口，她才停下步伐，回頭關心我們的動態。

「魔女小姐，需要這麼急嗎？」

歐思凱的腳步不像進食前那樣從容迅捷，大概是吃得太飽了吧，我們倆走路的速度終於趨於一致。

「你們不是在比賽嗎？」

「也不算比賽啦……」

「能得到高級的獎品，那就是比賽了。我們在咖啡店耽誤了太久。」

曾萁蘦邊說邊拿出手機，工作人員以無線掃描槍一掃她的螢幕，比比手勢要她往展廳走，歐思凱和我手忙腳亂地找出一日通行卡，通過票口後迅速追趕上去。

「所以，謎題卡上的七個圖示都是畢卡索戀人的象徵？」

我好不容易與曾萁蘦並肩同行，兩旁大型投影裝置閃動的光影籠罩在我們身上。

「我無法聲稱那些圖案為『畢卡索戀人的象徵』，畢竟那是你們社團學長姊的個人解讀，圖案本體既未出現在畢卡索的畫作裡，也存有出題者個人的主觀意識。只要未從另一面QR碼的仿作判讀出『畢卡索』這個關鍵，那就不可能解得開七枚圖案的意義。」

「聽起來好複雜啊，果然加入露高美術社還是得學些科班的東西嗎？」

歐思凱在我們身後無奈地抱怨著。

「似乎有點那種意思呢……」我幽幽地應道。

想起一早集合時，學長姊也是使用西洋繪畫大師的作品為大家分組。

看來我回家後，還是得安排時間好好讀一讀那套《西洋美術史百科全書》。

《變形的魔術師：幻象畢卡索藝術展》並未展出任何真實畫作，就連實體複製品都沒有，全部都以視覺特效的方式重現畢卡索的名作。不過，策展人安排的順序倒是依照他的藝術生涯時序作規劃。

「謎題卡就跟這個展覽一樣，也是按照時序排列的。」

我們三人離開一片鬱藍的展間後，馬上就被溫柔的粉紅與粉橘色包圍。

「卡片上的第一個圖案，那朵玫瑰——」

曾萁藹抬起頭，望了望周圍環繞的巨大弧形螢幕。

「——是指幫助畢卡索告別抑鬱的藍色時期，走入玫瑰時期的關鍵人物，斐蘭德・奧莉薇（Fernande Olivier），兩人同居七年後不歡而散，畢卡索竟轉而追求斐蘭德的好友，伊娃・古艾爾（Eva Gouel）。」

數幅斐蘭德的肖像畫如彩繪玻璃般破碎，再重組成被視為立體主義（註34）開端的〈亞維儂的少女〉。少女們搖頭晃腦著，時而正視，時而側臉，深邃的黑眸凝視著我們看不見的遠方。

「伊娃沒多久就因為罹患肺結核過世，第二個圖案的十字架大概是指她的墓碑吧，據說畢卡索為此悲痛欲絕，更有許多人認為伊娃是他的此生摯愛。或許這種觀點是立基於她的生命短暫，尚未遭受折磨，畢卡索也尚未對她感到厭倦吧。」

下一個展間我們彷彿重回古典主義（註35）的懷抱，帶有高貴氣質的女子肖像隨著背景播放的芭蕾舞曲一再出現。

「芭蕾舞鞋則是畢卡索的第一任妻子，俄羅斯的芭蕾舞者，奧爾嘉・科克洛娃。但她永恆如雕像雋永的美麗阻擋不住畢卡索張狂的創作慾望，他在拉法葉百貨搭訕了十七歲的瑪麗－德蕾莎・華特，也就是畫作中金髮女子。」

註34：立體主義（Cubism）為前衛藝術運動的一個流派，始於1906年法國，由布拉克（Georges Braque）與畢卡索建立，追求解構、重組的形式，以多角度描繪並置於同一畫面中。

註35：古典主義（Classicism）在藝術上指高度認同古希臘羅馬文化藝術形式與題材，以該時期的品味作為嚴格的藝術規範，並模仿其風格。

舉世聞名的〈夢〉、〈鏡前女孩〉、〈閱讀〉、〈裸體、綠葉和半身像〉……眾多畫作中描繪的圓潤溫柔金髮女性，逐漸取代典雅卻剛硬的寫實妻子畫像，背景音樂也換上法國香頌，斑斕璀璨的色塊隨著手風琴的演奏不停旋轉。

「瑪麗陪伴畢卡索許久，為他生了一名女兒，成為他筆下充滿情慾與靈肉的立體派畫作，卻始終沒有名分。這個繩索圖示說出她的結局——瑪麗最後選擇了上吊自殺。」

「居然這樣……我特別喜歡這幾幅耶。」歐思凱仰著頭感嘆。

「針筒圖案是指芳絲華．吉洛（Françoise Gilot），兩人雖生下兩個孩子，卻沒有結婚，後來芳絲華甩了畢卡索，有過兩段婚姻，最終嫁給小兒麻痺疫苗研發者沙克，活到一百零一歲，還將自己與畢卡索交往的過往寫成書，好幫助她的孩子能成為畢卡索的法定繼承人。芳絲華或許是這些女子中最聰明的一位。」

曾萁蘦語帶笑意，有點幸災樂禍的意味。

「最後一個陶壺圖案是畢卡索的第二任妻子，也是他最後的戀人——賈桂琳．羅克（Jacqueline Roque），畢卡索六十二歲時，結識在馬杜拉陶器工作、年僅二十八歲的賈桂琳，畢卡索為她畫了四百多幅肖像，數量超越過去的各任。她陪伴畢卡索直到他死去，卻因為太過悲傷在家中飲彈自盡。」

「出題者沒用手槍代表賈桂琳，卻為瑪麗選了繩索。」

我喃喃著，想到曾萁蘦剛才說過——這些暗號般的圖示受到學長姊的主觀意識影響，對這七名女子做出了解讀，也許陪著畢卡索走到人生最後的賈桂琳，在出題者眼中也是勝利的一方吧，才選了陶器而非槍支作為代表。

「欸，魔女同學。」

歐思凱抓著謎題卡，直指唯一被曾萁蘦略過的圖案。

「這個籠子呢？妳沒講到耶。」

曾萁蘦板起臉孔，直挺著身軀往下一個相對昏暗的展間走去，她的長髮與一襲黑色裝束幾乎消融在展間裡，清亮的嗓音穿越場館機械底噪清晰地傳進我的耳中。

「朵拉・瑪爾，被畢卡索摧毀得最徹底的女性，也是這七個圖示中最不直觀的一枚……」

「——嗚啊！」

突如其來的碰撞使我失去了平衡，摔倒在地。

「哇！尹心譽！怎麼跌倒啦！」

歐思凱急匆匆地趕了過來，曾萁蘦也停了下來，回頭張望。

「我沒事……你呢？有沒有受傷？」

一個看起來大約四歲的小男孩跪坐在我旁邊，像是嚇傻了瞪圓雙眼，他紅著鼻子看向我，然後慢慢地搖了搖頭。

「你怎麼亂跑呢？快跟大哥哥說對不起！」

男孩的母親慌張現身，一把拉起驚魂未定的孩子。

「對……對不起……」

「沒關係，我沒事，你不用擔心。」

我微微笑，希望能化解小男孩的緊張與錯愕。

男孩的母親不停對我鞠躬道歉，抓緊兒子的小手迅速離開這個比其他展間要暗上許多的空間。

「不是告訴你美術館不能亂跑嗎？這裡這麼黑，你看你撞到人了吧！」

他們雖然逐漸遠去，我還是能聽見那位媽媽激動訓責孩子的聲音。

歐思凱借出手臂當作支撐，幫助我站起來。

「唔……」

有些不妙。

一股悶痛從我的左腳踝開始擴散，我不敢打直整條腿站穩，身體也下意識將重心移往右側。

「過來。」

曾萁蘦一個箭步來到我的右手邊，二話不說將我的右臂環過她單薄的肩背，並向歐思凱下了指示：

「前面有椅子，你幫他拿包包。」

「喔喔！遵命。」

曾萁蘦攙扶著我緩慢移動，我們倆的身高沒差太多，我在同年紀男生中不算高，但她在同年紀女生中算是高的。也許是她散發出來的自信與氣勢吧，我總覺得自己在仰望著她。

幸好這個方形展間正中央有座金屬長椅，我順利坐下後，她突然蹲下，對我的褲管伸出手。

「等等等——等一下！」

我倉皇地扭動下身並且抬起腳，避開曾萁蘦出其不意的雙手。

「可能扭傷腳了，我必須檢查傷勢再急救。」

「不、不用了啦！我只是跌倒有點撞到，稍微休息一下就好了——」

我賣力抬高雙腿，機警的杏眼在我下方直勾勾地注視著我，這下不只是左腳有些腫熱，我根本全身都在發燙。

——讓才見面三次的女孩子在大庭廣眾下檢查腳傷什麼的，未免太難為情了吧！

「喔……」

外加旁邊還有個管不住嘴的歐思凱，他正提著我的背包，露出不懷好意的賊笑。

——好想找個地方躲起來啊！

「曾、曾同學，我真的沒事，休息就好了……比起這個，妳剛剛說到的朵拉……」

為了轉移注意力，我看向面前的大型投影幕。

黃、綠、紫拼湊成的女子，黝黑濃密的長髮、睫毛與眉毛，朱紅的帽子、靛藍的裝飾，以及畫面中間最為核心的手帕，既看得出手帕的形貌，也看得出手帕被淚水滲濕成半透明，看得見女子的雙手以手帕掩住口鼻，更看得出女子咬牙切齒地扯著手帕。

〈哭泣的女人〉。

手指、嘴唇、牙齒、下顎、因情緒跌宕而扭曲的面部肌肉，原本二次元的平面原畫即成功呈現出不同的時態與動態，多媒體策展為畫作疊加影視特效，將原本描繪的每個時間一一切割出來，使她活靈活現地哭著、痛苦著。

這個展間沒有播放任何音樂，只有一陣又一陣的啜泣聲不斷輪迴，營造出單純卻又詭異的氣氛，雖然很有沉浸感，我卻覺得有些過度詮釋，反而少了原畫那虛實交錯、充滿想像空間的特殊美感。

螢幕之前，身材高壯的棣堂學長突兀地站在那裡，神色戒備地看著我。

「學長。」

歐思凱和我同時打了招呼，曾萁蘦聞言站起身，轉身看著朝我們走來的學長。

「腳還好嗎？」棣堂學長沉聲問道。

「沒事，沒事，坐一下就好。」

「嗯，這是最後一關。」棣堂學長遞上一張白色名片後，一聲不吭地走出展間了，曾萁蘦冷冷盯著他離去的健壯背影。

「又有新的謎題？有完沒完啊！」趁著學長離開，歐思凱邊抱怨邊湊了過來，一起看著新得到的名片卡。

名片其中一面印著一把鑰匙，另一面則是非常精緻的鉛筆手繪插圖，畫著一名有著羊角、羊耳、兩條羊腿、吹著笛子的男子。

「……無聊。」

曾萁蘦只瞄了一眼，她伸手取走新名片和原本的謎題卡，將名片疊放在謎題卡上，使吹笛羊男與鳥籠比鄰，接著她舉高雙手，尋找展間裡最亮的光線，讓光芒穿透手裡的謎團。

「記得那幅〈女人與彌諾陶洛斯〉原畫嗎？為什麼有著雙翼的女子會被認為是朵拉呢？」

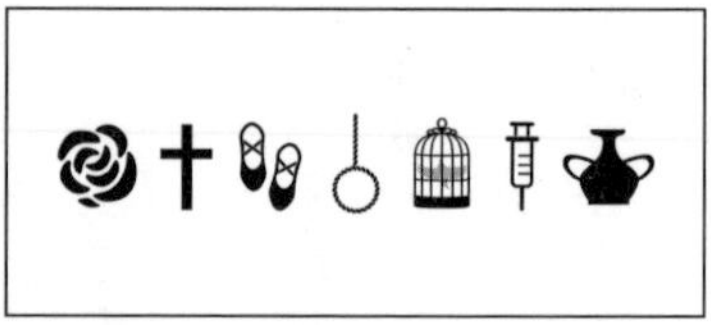

彌諾陶洛斯之舞ＱＲ碼隔壁的那隻鳥兒，經由她的動作與光源照射，反而被關進了籠子。

「那是因為，畢卡索會在畫裡將朵拉描繪成鳥的形貌。」

「所以妳才會說鳥籠的圖案是最不直觀的一個啊……」

因為象徵她的圖示是在另一面。

「雖然最不直觀，卻是謎題裡描述最多的。」

「那把這張新的疊上去又是什麼意思？」

歐思凱急切地問，我們都知道答案就在不遠處了。

「這個半人半獸的吹笛者是希臘神話中的牧神——潘（Pan）。」

曾萁蘢的拇指輕輕滑過牧神潘，再慢慢滑過被籠子囚禁的鳥兒。

「將潘放在代表朵拉．瑪爾的鳥籠之前……難不成……」

「——潘朵拉？（Pandora）」

歐思凱與我異口同聲驚呼，曾萁蘢卻沒有放下手中的謎團，秀麗的指尖越過針筒，停駐在陶壺圖案上。

「希臘神話裡，眾神之王宙斯給了潘朵拉一只盒子，囑咐她千萬不能開啟，但被賦予了強烈好奇心的潘朵拉終究打開盒子，釋放出各種邪惡、危難、災禍……」

「這我聽過！最後剩下『希望』沒有出來，所以人世間是沒有希望的！」

「不是因為『希望』仍留在盒底，所以人們就算經歷再多苦難，都還能保有『希望』嗎？」我熟悉的版本和歐思凱的不太一樣，「於是，『希望』永遠不會消失……」

「欸？是這樣嗎？」

「很抱歉打斷你們對於神話寓意的討論。」

曾萁蘢把所有的卡片都塞回我的手裡。

「不過，最早神話中記述的並不是盒子，而是壺。」

「壺？」

「所以不是〈潘朵拉之盒〉，而是〈潘朵拉之壺〉啊！」

「古希臘的壺是用來裝食品的陶器，大小、形狀、用途多樣，小的如瓶，大的如甕，也能儲藏水、橄欖油、酒。」

「這點歐思凱和我剛剛看的《神話與史詩》展提到過。」

「對啊、對啊，那個展場外面還有一整排酒罈子，實在是很……」

「——啊！」

我們倆再次放聲驚呼。這下，所有謎團都解開了。

「可惡啊！居然在那裡！那我們不是一開始就找對了嗎？」

「我記得倉庫外廊道上的陶製酒罈剛好有七個……」

「走吧！走吧！我們快點去拿！已經兩點半了啊！萬一被別人搶先了——」

歐思凱焦急地催促道，我急忙站起來。

「唔……」

不行。只要稍微施力，左腳就更痛了，還有種難受的腫脹感。

「哎呀，你好好休息吧，我去拿就好了！你這樣要過大馬路太辛苦了！」

「可是……」

「放心啦，尹心譽，我們同組嘛！我就承擔這個任務！」歐思凱把我的背包放到椅子上，拍拍胸膛，自告奮勇地說：「到那邊後打視訊給你，這樣像是一起發現寶藏啦！」

「也只好這樣了……真抱歉。」

「幹嘛道歉啊！魔女小姐，那尹心譽就給妳承擔啦。」

歐思凱一溜煙鑽出展間，不一會兒便跑得無影無蹤，原本被他搞得有些熱鬧歡騰的展間，又恢復成啜泣聲不絕於耳的昏暗場域。

之後，我感覺到曾萁藹在我身旁坐下。

我們就這樣不發一語，靜靜地坐著，靜靜地聽著，靜靜地看著——看著那止不住眼淚的朵拉，永陷悲傷的朵拉。

CASE 03

空色畫集失竊事件

第六章　晴空的視覺暫留

時間像暫停了一樣。

展間的空氣乾燥，瀰漫著淡淡的新裝潢氣味，還有源於我身旁的微弱香氣。

說也奇怪，我們只是這樣安靜地坐著，沒有交談，卻一點也不覺得無聊，雖然我有點不自在，或許只是我不習慣與年紀相仿的異性獨處。

——更何況是位樣貌精緻的美少女。

我不時偷瞄身邊的曾萁蘠，幸好光線昏暗，她應該察覺不到我的視線。

「據說拍賣會上，畢卡索眾多的戀人畫像中，朵拉的肖像最受歡迎。」

曾萁蘠猝然說道，嚇得我趕緊扭動頸部，假裝專心研究螢幕上的畫像。

「畢卡索也承認，朵拉對他而言就是個哭泣的女人，他深刻寫實地畫下她的痛苦。」

悅耳的嗓音說著，她宛如過度入戲的旁觀者，轉述畫中人的哀戚。

「朵拉原本是攝影師，你看過她的作品嗎？」

我悄悄斜眼看她，縱使光影不斷變換，她的雙眼卻鮮少眨動。

「我記得，她好像幫畢卡索拍攝〈格爾尼卡〉的作畫過程？」

「嗯，不過，我說的是那些像黑色喜劇一樣、帶有想像力與批判性的照片，屬於她自己的原生創作。」

她垂下了頭，瀏海的影子有些掩蓋住眼睛，曾萁蘦幽幽地說道：

「看了那些作品後，我深深認為朵拉是非常才華洋溢的人。但在畢卡索拒絕於瑪麗與她之間做出選擇的那些歲月，朵拉的心靈受盡折磨，後來甚至專注在畫畫上，宣稱自己不是畢卡索的戀人，而是他的學生。」

她深深地嘆息。

「假使朵拉這輩子未曾遇到畢卡索，畢卡索也許畫不出〈格爾尼卡〉，相對的，朵拉也許就能專注在攝影上了，說不定她能闖出屬於自己的一片天。」

曾萁蘦的話語與耳邊播放的啜泣聲交融，她絲毫不像精神潰堤的朵拉，無論她如何感嘆，都只是在分享自身觀察與心得，而非與畫中人產生共感，也許更多只是超脫於外，來自賞畫者內心深處的悲憫。

「但朵拉選擇了畫畫，那等於宣判自己的人生將永生永世與畢卡索捆綁在一起。」

「她也可能是真心愛上了畫畫呀。」

「在我眼中，她愛的只有畢卡索，畢卡索卻是囚禁朵拉靈魂、使她完全失去自由的鳥籠。」

「是這樣嗎……」

內心不知道為什麼被她的話語微微觸動。

我也想像曾萁蘐一樣侃侃而談自己的看法，分享觀看畫作、聆聽逝者人生故事的感受，卻言詞匱乏得不知道該說些什麼。

「你呢？」

忽然間，曾萁蘐轉過頭來，兩枚大眼直挺挺看著我，明亮的聲音平靜問道：

「你又是被什麼樣的籠子關著呢，尹心譽？」

我不知所措地回望她，赫然發現她離我好近，我下意識往旁邊挪了挪，沒想到曾萁蘐居然也跟著移動，再次逼近我。

「那個……我……腳會痛……」

我撇開頭，不好意思地說，曾萁蘐這才一副「放你一馬」的模樣，回到本來的位置上，拉開我們之間的距離。

場面恢復成不久前的平靜，我們倆又繼續沉默地看著螢幕上咬手帕的女人。

「妳真是個特別的人。」

內心的胡思亂想不小心脫口而出，現場實在太安靜，就算我的音量很小，也絕對被她聽得一清二楚。

「就像歐思凱說的……」

冒著汗的雙手忍不住握拳，為避免尷尬，我只好硬著頭皮繼續說下去。

「曾萁藷，真奇怪。」

「——啊？」

質疑的嘆詞音調有些可愛，就算沒看著她，也能輕易想像她蹙眉半瞇眼的不屑表情。

「我沒有任何貶義，希望妳不要誤會……」

「……我的名字，本來可能更奇怪。」

我愣愣看向她，一直端正坐著的她，儀態稍微放鬆了點。

曾萁藷抓起垂在領子前的一縷髮尾，手指靈巧地畫圈纏繞。

「我爸媽本來要叫我『曾鹿』，梅花鹿的鹿。」

「呃，真、真特別。他們很喜歡鹿嗎？」

「不，他們的理由和鹿沒半點關係。」

曾萁藷的口氣有些怨恨，皺眉埋怨父母的她流露出難得的孩子氣。

「我們家以前養過一隻紅色玩具貴賓，大概是太想念牠吧，他們居然想念到認定我就是那隻小狗的投胎轉世……就因為玩具貴賓蹦蹦跳跳的模樣和毛色，令他們聯想到小鹿，更擅自決定要將我取名為『曾鹿』，幸好爺爺奶奶外公外婆卯起來阻止，要不然——」

「哈哈哈哈哈哈哈哈。」

銳利的目光掃向我，卻完全制止不了笑聲，我急忙捂住嘴巴，深吸幾口氣讓自己冷靜下來。

「真可愛，妳的父母太有意思了。」

「……我永遠搞不懂那兩個傢伙腦子裡裝了什麼。」

曾萁蘐鼓起腮幫子嘟囔，看她抱怨父母的模樣，就像鬧脾氣的小動物撒嬌。

「一點都不像魔女呢。」

杏眼惱怒地瞪著我，過了半晌也不肯移開，反倒是我又尷尬到自主扭過頭。

就算取名的話題已經結束，不曉得為什麼曾萁蘐依然眼巴巴地盯著我。

——不會是在等我回答那個奇怪的問題吧？

「尹心譽，你……」

鈴聲突然響起，我急忙探進口袋翻找。

「應該是歐思凱！」

曾萁蘳別過頭，不再看我。

奇怪的是，歐思凱撥了電話給我，而不是約定好的視訊。一按下通話，活力十足的聲音立刻穿透出來，我趕緊調整音量。

「尹心譽！你終於接了！」

「不是要視訊嗎？」

「不用那麼麻煩啦。」

「……你不會把整個甕搬過來了吧。」

我半開玩笑地說，心裡倒是有點擔心，歐思凱感覺就是會幹出這種事的人。

「本來是想啦，但那個實在太重了，我也怕毀了露高美術社的名譽。」

「所以……」

「你看看後面。」

我照歐思凱所說，謹慎地不動到患部，慢慢轉過身。

此處與連接隔壁明亮展間唯一的出入口，一大群人浩浩蕩蕩走了過來，其中一人高舉左手不停揮舞。

我的心臟似乎漏跳了好幾拍。

古依學姊身穿剪裁得宜的白襯衫與黑長褲，平凡但有些成熟的打扮更襯托出她與眾不同的氣質，她的兩側分別是穿著緊身牛仔褲與黑色翻玩插畫T恤的芳郁學姊，以及很適合小碎花洋裝的徽徽學姊。

「學姊她們聽說你受傷了，就宣布更改集合地點啦！」手機另一端的歐思凱興奮地說，而他人早大步來到我面前。

我半張著嘴，美術社所有參加社遊的成員逐漸靠近，我不知道該用什麼表情應對。

「不過啊，尹心謍，我們沒有贏到水彩套組，抱歉！」歐思凱雙手在額前合十，不好意思地說：「我跑得再快一點，說不定就能第一了。」

「第二名也不錯啊！」阿瓶學長勾著張椋學長的脖子愉快地說，「七組新生只有兩組成功解開謎題呢，這就是所謂一屆不如一屆嗎？」

「阿瓶，我們是美術社，不是推研社。」張椋學長沉聲吐嘈。

「沒有家長會的禮物，也有我們準備的禮物呀。」

小寶學姊笑盈盈地說，並指了指歐思凱，後者才驚覺要將手裡緊捏的東西分給我。

「小小禮物不成敬意，俗話說：禮有輕如鴻毛、重於泰山——」

「阿瓶，那句話是在講死亡的意義。」張椋學長冷聲說。

「啊——是喔？」

「笑死。」

「放低音量，這裡是美術館。」

棣堂學長厲聲警告，跟在後方的幾個一年級女生嗤嗤竊笑。

「尹心謦，這是你的。」

我接過歐思凱贏得的禮物，一張明信片，他手裡也有張一模一樣的。

「畢卡索……」

不想再探究背後的原因，也許學長姊本就想設計出前後呼應的挑戰，既然始於畢卡索，則終點也該是畢卡索。

我看著手中的〈拿著菸斗的男孩〉，溫柔的色調、頭戴花環的平凡男孩——很顯然是玫瑰時期的作品，當時的他仍住在巴黎蒙馬特區骯髒的洗衣船工作室，眾多藝術家都會聚集在那裡，生活、創作、聚會、吵鬧歡騰，那裡是畢卡索構成精彩人生的重要起點，他曾在那裡需要靠燒自己的畫取暖，也曾在那裡失去摯友而灰心喪志，更在那裡遇到了第一份愛情。

明信片背面以毛筆寫著「歡迎加入露高美術社」，字體豪放俊逸，應該出自徽徽學姊之手，許許多多的簽名圍繞著毛筆字，花俏的、華麗的、平易近人的，今天到場與沒到場的二三年級學長姊名字都在上面，右下角壓了這學期第一堂正式社課的日期——美好的星期三午後。

我將明信片貼近胸膛，慌亂的心漸漸平靜。

「站得起來嗎？」棣堂學長猝然問道，我愣愣地看向他。

「咦？」

我還來不及反應，棣堂學長和阿瓶學長便一左一右同時架起我，歐思凱也自動背上我的包包。

「腳不是扭傷了嗎？先去醫護室。」

「其他人就自由參觀吧！等全員到齊，我再幫大家做點導覽唷！」在我被帶離昏暗的展間時，小寶學姊開心地對其他社員宣布。

〈哭泣的女人〉離我愈來愈遠，啜泣的聲音也漸漸聽不見了。

而我卻找不到曾萁藹。

是她穿了一身黑，自動融入黑暗了嗎？還是她在某個時刻不聲不響地離開了？

「星期三的魔女咧？她剛剛不是在陪你嗎？」

「我……不知道。」

「你身邊的女生怎麼都愛搞消失，早上那個也是。欸！記得要介紹給我啊。」歐思凱邊說邊笑，還不懷好意地挑動眉毛。

是啊，從小到大，我身邊的女性總是不告而別。只有紅嬸一直都在。

但是，現在的我，和以前不一樣了。

我有美術社這個大家庭了。

和手機一起隨手塞進口袋裡的〈拿著菸斗的男孩〉，那簽滿學長姊名字的明信片，像幻化了畫面裡所有柔和的粉色調，我的身體連同胸膛都被玫瑰的顏色暈染得暖洋洋。

——能夠加入露高美術社，真的是太好了。

◆

豔陽高照，晴空萬里，用盡所有我會的成語都不足以形容頭頂這片天空。

究竟是心情使然，還是今年秋天氣候有別以往？

每次假期、每次參與美術社活動、每次前往美術教室，天氣總出奇地好，日光和煦，空氣清新，就連坐在後座不常在意路況的我，都能感覺到最近藍叔開車特別得心應手。

我快步走向綜合大樓，之前剛買腳上這雙球鞋時還嫌重，現在穿起來卻頗輕盈。

星期天午後來學校的人不多，也許剛好覓食去了，也或許要在上午和傍晚時分，才會見到體育社團練習與前來運動的民眾吧。

手裡緊握剛從辦公室借來的社辦鑰匙，深怕這麼重要的東西會被冒冒失失的我搞丟，雖然辦公室到綜合大樓的路程不遠，但我完全不敢將鑰匙放進外套或褲子口袋。

從小到大我搞丟的物品實在太多了，小自橡皮擦、筆、餐具，大至外套、書包、整套水彩畫具……無一沒丟失過，手機、錢包以及錢，這些貴重物品的遺失次數更是足以將紅嬸為此的訓誡編成一部語錄。

「小譽，貴重物品要固定放在身上同個位置，手機習慣放右邊褲子口袋就要放在右邊褲子口袋，不要一下子右一下左，一下放褲子一下放外套。每天都要清楚自己帶了哪些東西、錢包有多少錢。」

幸好這些年謹記紅嬸教誨的我，至少不再搞丟錢跟手機了。

我踩著樓梯慢慢登上三樓，來到猶如第二個家的美術教室門前。

攤開右手，連接著塑膠鑰匙圈的鑰匙已不知不覺在掌心留下紅紅的印子。

今天的我，並不是為了畫畫，也不是為了社團活動而來。

「——該開始準備全國賽了各位，我們需要幾位社員利用假日幫忙整理儲藏室，這樣才有空間放作品。」

上週社課結束時，芳郁學姊向全體社員宣告道，並公開徵求自願者。

那時下課鈴已經響了，教室內外都鬧哄哄的，有人彼此交換眼神，有人偷偷彎腰滑手機，我身旁的歐思凱正大剌剌地和同年級的女社員聊網劇。畫了整整兩堂靜物，大家的專注力已經被燃燒殆盡了，大概沒人想將當下的疲憊延伸到假日吧。

於是，我腦子一熱，舉了手，成為唯一的自願者。

「好，尹心譽一位。我猜還需要三到四位——」

「學姊，我這週末不行！我們班要練合唱。」

「學姊，我也不行，家裡要回老家探親。」

「芳郁啊，我們班跟市一女的說好這週末要聯誼……」

「喔喔！學長！聯誼怎麼可以不揪？」

「我們班好像要班遊去烤肉耶。」

「學姊我也不……」

「——好了，一個個理由這麼多。」

看不下去的古依學姊一個箭步走上講臺，她凜然傲視眾人，底下瞬間鴉雀無聲。

「剩下四位就用抽籤的，假日有事不能來，就用放學時間整理，儲藏室必須在下週社課前整理好。」

古依學姊看了眼芳郁學姊，後者連忙拿出手機，將抽籤ＡＰＰ畫面投影在教室前投影幕。

「其他沒被抽中的也不用太高興，沒參與到賽前打掃的人，之後全部輪流當備賽期值日生。」

隱約感覺到身邊同學想發牢騷，但大家只擠出一兩聲不清不楚的呻吟。

「社長，請問現在還能自願嗎？」

勇者如歐思凱，大膽打破僵局舉手發問，帶起一波竊竊私語。

「好像賽前打掃會比輪值輕鬆耶……」

「萬一準備作品時弄傷手，或是打掃時弄壞別人的作品……」

「很抱歉，已經來不及了。」

古依學姊冷著臉，身後投影出一個個名字，哀號與歡呼頓時此起彼落。

雖說賽前大掃除連我在內總共有五人，但這星期日能來學校的只有我一個。

「學弟，你稍微整理好其中一區就好了，千萬不要認真到做完其他人的工作！你填的時間是一點半到三點半，不准超時！」

一早芳郁學姊還在 Line 群裡提醒，彷彿我會不小心將整間教室掃得一塵不染似的。

「就算想，我也沒那個體力……」

我一邊喃喃自語，一邊轉動鑰匙。

偌大的美術教室，平日社課擺滿的畫架與椅子全被靠攏在右側矮櫃前，保留了通往儲藏室小門的左側空間，大概也是預留位置讓我們打掃的人能自由運用吧，畢竟誰也不知道宛如哆啦A夢百寶袋的儲藏室裡，到底容納了多少奇奇怪怪的物品。

但是，左側白色收納櫃前，卻遺留了一組畫架與椅子。

——有人放假還來學校畫畫嗎？

我好奇地走過去，在畫板前停下腳步。

那是張四開大小的水彩半成品，上色範圍約占整體三分之二，淡淡的色彩下隱約看得見些微草稿痕跡，畫面的左側染上一片如雪般的胡粉色（註36）與貓柳似的利休鼠灰（註37）。

雖離完成還很遠，但看得出描繪的是廟宇的石雕蟠龍柱，仰起的龍首睁子圓睜，順著視線朝畫面右方看去，就像一步步走進廟裡一樣，不過單從模糊的草稿不容易判斷右半部將畫上什麼，是寫實的廟中一景嗎？還是融合其他東西的超現實畫面？

這位假日特地來社辦的用功社員，顯然是棣堂學長。

全國賽的高中西畫組水彩尺寸規定最小是四開，最大不超過全開，這幅畫作是學長

註36：胡粉色（ごふんいろ），日本傳統色，一種雪白的白色顏料，以貝殼粉末製作。
註37：利休鼠色（りきゅうねず），日本傳統色，一種帶綠的鼠灰色。

的日常練習？還是參賽作呢？

紙張上的顏料已經乾了，洗筆筒仍掛在插梢上，水只有一點點污濁，畫架下方扔著五顏六色的調色盤與一條抹布，學長倒是未留下任何管狀水彩顏料和畫筆。

「暫時離開嗎？去吃午餐？」

不管學長等等是不是會回來，我還是擅自作主倒了洗筆水，看著髒水在畫作不遠處搖搖晃晃總讓人不安，不過畫架和其他物品我就不敢隨便移動了。

棣堂學長是社長之外最有威嚴的學長，古依學姊偶爾嘴角還帶一絲微笑，與師長說話語氣也會變得溫柔，但是，我入社到現在，從沒見過棣堂學長露出半點笑容，就算阿瓶學長和歐思凱兩位社內公認最聒噪的搞笑人物在他身邊打轉，學長的臉部肌肉總文風不動，有時我深怕他們惹惱了學長，會被抓起來當沙包。

「倒掉洗筆水應該不會被當沙包吧……」

將可伸縮的空洗筆袋擱置在調色盤旁後，我下意識地對蟠龍柱合掌拜了幾拜。

接著，脫掉外套，捲起袖子，我精神抖擻地來到儲藏室門前。

——是時候該辦正事了！

一時之間還真不知道該從何下手。

「打掃順序要由內而外，由上到下。小礬，你看，我先拖好地板，再掃層架上的灰塵，灰塵不就又都掉到拖乾淨的地上了嗎？」

我遵照紅嬸的囑咐，從儲藏室最深處的櫃子開始清理。

前幾天，紅嬸聽到我要幫忙打掃美術教室，一臉不敢置信的樣子。

畢竟我從小就不是擅長整理東西的孩子，小學檢查書包、抽屜、櫃子時，我的座號總是高掛黑板，畫滿叉叉。

能夠安然無事成長到現在，真的全仰賴紅嬸悉心照顧。

不管是畫畫、參加比賽、堅持讀露高中學部、到成功直升高中部，紅嬸始終鼓勵我所有的選擇和目標，就算我再怎麼邋遢、再怎麼畫畫到廢寢忘食、在學校惹上麻煩、或是不聽她的話多穿衣服結果重感冒……她也從來沒對我發過脾氣。

「找機會為紅嬸畫幅畫吧！」

灰塵揚起，蛛網糾纏，戴好手套的我打開櫃門，映入眼簾的是各種難以辨別的物品，層層疊疊塞得滿滿，連點空隙都不放過。就算戴了口罩，我還是屏住呼吸，伸手試著拉扯一包部分垂在外面的黑色塑膠袋——

沒想到這個舉動居然造成了大崩塌。

深櫃裡亂七八糟的神秘物品嘩啦嘩啦垮下來，幸好我及時後退，這些東西才全掉到地上，而不是砸在身上。

「第一個步驟，要將東西全攤出來；第二個步驟，要一一做好分類！」

我回想紅嬸耳提面命的大掃除教戰守則，蹲在雜物前，著手進行據說最累、最消耗腦力的「分類」，必須打開危機四伏的袋子、箱子、詭異包裝，取出裡面的東西，判斷每件物品的去留，再依照美術社使用習慣分成一堆一堆的。這個步驟完成後才能取來乾淨的容器收納，最後則將整理好的物品歸位。

儲藏室實在充斥太多莫名其妙的玩意兒了。

一開始只是些揉爛的、無法再利用的碎紙，再來出現沾染顏料的繩索，然後是被切割過的寶特瓶與飛機木廢料、一些泛黃的未完成草稿、乾涸卻爆裂的管狀顏料——這些都還算與美術社有關。

到後來挖掘出的更加匪夷所思，比如：不均勻褪色的男生運動短褲、吃完的便當盒、框架斷了一邊的眼鏡、塗裝隨便的盜版動畫角色模型、每張肖像都被畫成大鬍子海盜的歷史課本……還有一瓶不知道放了幾百年，顏色與質地都變得難以言喻的未開封寶特瓶含糖茶飲。

——這些應該全都要丟掉吧？該丟掉吧！

沒想到我這麼快就放棄「分類」了。甩甩社上事先準備的大垃圾袋，將肉眼所見的「垃圾」全丟進袋裡，這個動作意外舒壓，很快便裝了滿滿三大袋。

櫃子幾乎清空了，只剩下兩三包以牛皮紙袋與塑膠袋包妥的厚實水彩紙，不知道從什麼時候擺放到現在，被遺忘在櫃內深處。我輕輕擦掉袋上灰塵，清點紙張數量。

「咦？」

打開最後一包牛皮紙袋時，裡面卻不是預期的陳年水彩紙，而是又一枚紙袋，但和最外面那層不同，內部這層被透明膠帶和黑色膠布緊緊纏繞，這種特異的包裝方式彷彿在警告——裡面的東西非常危險。

我猶豫地看著這個像藏有詛咒而被封印的物體。

它和一般八開畫冊差不多大，可能因為黏滿膠布，也或許因為裡面又包了好幾層牛皮紙，重量比畫冊要重一些。

不知道為什麼……我順手抓起美工刀，劃向被層層包裹的不明物。

拆除膠帶有些費力，本想切割漂亮一點，實際操作後發現那是不可能的。我使勁全身力氣，又割又撕，花了快十分鐘終於挖出裡面的東西，碎裂的膠布與牛皮紙掉落一地，它們的完好無缺是為了隱藏一本再平凡不過的水彩畫本。

上方長邊裝訂的線圈十分新穎，下方長邊的酒紅緞帶打成對稱的蝴蝶結，精裝的黑色封皮沒有任何署名，看起來就像剛從美術用品社購入的全新品。

如果是全新品，應該不需要以這麼誇張的方式「封印」吧？

——莫非，這個畫本被詛咒了？

我吞了口口水。

距離真相，只差一個蝴蝶結的距離。

——我應該打開它嗎？

萬一裡面藏的不是詛咒，而是某個不能公開、不能被發現的禁忌，那該怎麼辦？

腦海閃過許多方案。

我可以將畫本擺上講桌，等到學長姊在場時，問清楚畫本來歷再決定要不要打開；我也可以打電話問歐思凱的意見，雖然他大概會說「裡面一定是限制級的啦，某個學長畫的激H小薄本」之類的話。

向育熙求助呢？她能抽塔羅牌為我指引方向，只是最近不像以前聒噪，心情好像不太好……

然後，我彷彿看到一縷飄逸的烏黑髮絲，伴隨花香似的芬芳。

我猛力甩甩頭，將意識拉回凌亂不堪的儲藏室。

「這種小事不能麻煩她吧……」

這並不是導致我寢食難安、無法畫畫、無法生活，總疑神疑鬼的靈異遊戲，也不是學長姊精心規劃，獻給一年級新社員的謎題。

不過就是一本水彩畫本罷了。

最終，我屈服於好奇心之下，向旺盛的求知慾俯首稱臣。

我來到窗邊，小心將畫本放上矮櫃檯面，輕輕拉開蝴蝶結。

午後的陽光灑落，畫本內頁像寶石一樣閃閃發光。

它不是什麼全新品畫本，它是有主人的。

一隻準備展翅飛翔的喜鵲躍入眼中，蓄勢待發的姿態、細緻的羽翼、機靈的神情，栩栩如生，而作畫者只用了一種藍色顏料，單純以水調配濃淡，卻畫出生動細微的層次。

我不敢置信地翻到下一張，是張校園寫生，取景正是我很喜歡的中庭。優雅的藍被施了魔法，日光照耀之處俐落留白，以紙張的原色刻畫花草樹木上的光點，乍看靜謐安詳，細看卻又充滿生命力。

下一張依舊是全然的藍，畫的是靜物。嬌嫩欲滴的玫瑰、倒臥的酒瓶、皺摺典雅的緞布桌面……這是一張習作嗎？藍色的靜物畫隱隱蘊含詩意，我無法判斷作畫者的雙眼是看著實際物品如實畫下，還是描繪了記憶裡的畫面？

整本畫本的題材並不固定，寫生、靜物、花草、鳥魚、建築物、汽車、街景……每個主題都活在一張張堅韌的水彩紙上，晴空般乾淨純然的藍構築了整個世界。

我顯然，發現了一枚極為珍貴的寶藏。

「……太驚人了。」

這是某屆學長姊遺留的畫本嗎？如此絕無僅有的美麗作品，為什麼會被藏在儲藏室深處？為什麼要用那麼多包材封印呢？

我不可能獨占這絕美的畫本，即使我非常渴望這麼做。我好想拿出手機，將每幅畫都拍攝下來……

這麼厲害的寶藏，應該要為它準備合適的寶座，它簡直能當露高美術社的招牌了！而且校名中的「露草」剛好是一種藍色，雖然露草色帶點紫、稍微深沉一點，和畫本晶瑩剔透的亮藍色有點不同……

指尖挑起倒數第二張水彩紙，這意味著美好的賞畫旅程步入尾聲。

最後一幅畫是張人像，唯一的人物畫。

模特兒是名男性，位於他斜後方的作畫者捕捉了某個瞬間，寬鬆襯衫貼合結實又不過度壯碩的身型，布料下擺有些鬆垮，卻突顯了他肩背的寬厚，略長的短髮有些凌亂，訴說了男子是多麼不拘小節。

他靠著窗邊櫃子，幾乎背對作畫者，這個角度僅能描繪些微的側臉。長方形的細框眼鏡被往上推，像個髮飾卡在瀏海的頂部，他的臉、身型輪廓、恣意翹起的頭髮邊緣都技巧性地留白，使得男子就像發光一樣。

他的左手靠在嘴邊，一抹很淡很淡的藍悠然飄向窗外，而場景看起來正是這間美術教室。

「請你一定要來我們學校，加入私立露草高級中學美術社！」

那位年輕男子的聲音，在我腦中嗡嗡作響。

——這是我七歲以來唯一的夢想。也是我愛上畫畫的原因。

雖然記不清他的長相了，但那對我永遠忘不了的、閃耀著無限光芒的晶亮眼眸，就跟這幅人像畫勾勒出的一模一樣。

——是光彩奪目的夏季空色。

「美術社的指導老師？」

育熙瞪大眼，皺起眉頭，一臉狐疑地盯著我。

「現在的指導老師是女性，可是我小時候遇到的是年輕男生。」

星期一第一堂課鐘響前，我按捺不住滿腹興奮，跑到育熙的座位上和她分享了打掃時意外發現的大秘寶。

我終究還是偷偷翻拍了些畫作，包括中庭寫生、玫瑰花靜物、還有唯一的人物畫像。

昨天離開美術教室前，我恭恭敬敬地將這本畫集擺上黑板溝槽，還難掩激動情緒地提起粉筆，在旁邊畫了好幾個箭頭與星星，希望每位踏進教室的人都能花點時間留意它。

「我很確定，那個年輕男生就是這幅畫裡的人。」

我點開藍色的人像畫，急匆匆地將螢幕對準育熙的雙眼，她歪頭思索。

「我是沒見過你說的這位老師啦……也許心譽該問問社團學長姊？」

「我本來也是這麼想的。」昨天一回到家，我差點將圖檔傳進群組，「可是，想到那本畫冊原來的狀態，還是有點不安。」

「聽你的形容，跟我說是包裝畫冊，我還覺得是綁架人質呢。」

育熙吐吐舌頭接過我的手機，她拉大圖檔，畫面聚焦在男子側臉。

「是說……他在抽菸吧？」

「呃，也許吧。」

「畫冊被包得像人質，還藏在奇怪的地方，會不會就是要隱瞞這件事呢？畢竟這畫的明顯就是美術教室嘛。」

我聳聳肩。以師長在校內抽菸的瞬間作為題材，確實也是我不敢將圖檔傳進群組的原因之一。

「——會不會是『厄運信』呢？」

「那是什麼？」

「就是先描述可怕的故事，再要脅得在指定天數內，把信傳給指定的人數，不然就會遭遇不幸的信。」

「像詛咒那樣嗎？」

我驚恐地看著育熙，她鬆開眉頭，呵呵地笑了。

「厄運信通常都沒有詛咒效果啦！我只是在想，這本畫冊說不定跟『錢仙之名』一樣，是露高不外傳的怪談喔？」

「拜託，千萬不要！」我嚇得跳了起來，育熙竟然放聲大笑。

——我已經受夠這些怪談了。

「心譽怎麼還是一樣膽小啊，哈哈！」

無奈地看著笑得花枝亂顫的青梅竹馬，她不知道我受夠的並非「卡到陰」一類怪力亂神，而是那些「加害者」無法向任何人訴說的苦楚。

我沒有將漾璟學姊杜撰靈異遊戲——為的是竊取參與者金錢——的真相告訴任何人，全校應該只有曾萁藹和我清楚這件事。在那之後，我也不曉得是不是還有別的同學被學姊以一樣的手法偷走了錢財。

——我想徹底忘記。

上課鐘聲響起，育熙止住大笑，對我搖了搖手。

「心譽，你就再忍耐一下，中午直接跟學長姊打聽，總比悶著頭自己亂猜好唷。」

我好像很久沒看到育熙如此開懷的笑容了。

「能將偷抽菸的老師畫得那麼美……作者也是想永遠記錄那瞬間才會畫下來吧？」

這一刻，育熙眼裡彷彿也染上一碧如洗的空色。

◆

趕到社辦時，社長、黴黴學姊、芳郁學姊三人和四位一年級生已經在門口了，社長手裡握著鑰匙，正準備開門。

星期一上午很特別，這學期全校居然沒有任何班級安排美術課，學校也很清楚美術社即將進入全國賽準備期，從這週開始，直接默認週一上午到中午都是美術社專用時間，只不過今天一早似乎沒有人來，在我之後的打掃志願者也是登記放學後的時段。

若是如此，只要門一推開，第一眼就能看見黑板前的寶藏了。

一想到那場面，心臟便跳動得更加劇烈。

我們社的每個人應該都能看出那本畫冊的水準與價值。

——大家看到時，會是什麼樣的感覺呢？

「社長好，大家好。」

「學長好。」

打著哈欠的阿瓶學長與張椋學長也來了，張椋學長手裡抓著一條快四十公分長的天然絲瓜絡。

「你帶那個東西來幹嘛？」

芳郁學姊嫌惡地問。

「打掃用，我阿嬤種的。」

「下次多帶幾條來打架啊——」

阿瓶學長比手畫腳地提議，看來是幻想將絲瓜當光劍使用。

社長緩緩推開門，大夥兒魚貫步入，跟隨在一票女孩子後面的我緊緊盯著前方，做好迎接衝擊……

「——這是？」

「天啊……」

「怎麼……會這樣？」

情節發展和我預想的完全不一樣。

沒有人願意再往前一步。

偌大的美術教室，原本被收在右側的畫架與椅子全被翻倒，宛如骨牌陣倒臥在講臺之前，擋住了去路。左側白色收納櫃前方，那組被遺落的畫架與椅子是唯一沒受影響的，它仍待在原位，我昨天稍微整理過的水彩用具也完好如初地擺在下方。

但是，那幅才剛開始上色的蟠龍柱水彩畫卻不在架上，而是被隨意扔在雜亂無章的畫架堆之上，更令人吃驚的是，那幅畫彷彿被猛獸利爪撕扯過般，可怕的撕裂由左上延伸到右下，紙張殘骸碎成細小的紙屑，散落一地。

「這是什麼人做的——」

「為什麼要這樣……」

大家捂著嘴或是彼此相擁，所有人的視線無可避免地看向黑板。

只是，除了左下角保留著我畫的箭頭和星星外，整面黑板畫滿了宛如街頭塗鴉般活潑卻扭曲的字體，與美式漫畫煙霧爆炸似五彩繽紛的圖案。黑板正中間貼了一張水彩畫，一隻準備飛翔的空色喜鵲——正是從那本畫冊撕下的第一張畫作。

喜鵲下方，紅色、橘色、紫色與白色的粉筆囂張惡劣地組成一枚狂妄的簽名。

社長快步走向教室前方，舉起手機，拍下多張照片。眼角餘光瞥見徽徽學姊與阿瓶學長低頭看著手機，手指飛快輸入訊息，我的口袋頻頻傳來震動。

身後腳步聲迭迭踏踏，同年級社員竊竊私語，明明耳畔各種聲響紛飛，我卻好像什麼都聽不見了。

「欸，棣堂，那張是你的畫吧？」芳郁學姊轉頭問道，棣堂學長不知道何時趕到了，不曾起過波瀾的臉上竟浮現了錯愕的神情。

皮鞋敲擊地面，冷峻的嗓音響起。

「尹心譽。」

我曉得社長來到面前，我卻沒有勇氣抬頭迎接她的目光。

修長的手指遞出她的手機，螢幕上顯示著被放大的簽名。

「這位『怪盜杜賓』——不是你吧？」

第七章　Six of Swords 寶劍Ⅵ

「心譽，有沒有什麼話想跟我說？」

莊老師溫柔地問道，她就像平時一樣和藹可親。

下午打掃時間，辦公室人來人往，走廊上也吵吵鬧鬧的，沒有人關注老師與我的對話。也許在其他人眼中，不過就是美術社社員與指導老師利用課餘時間討論社務，一幅露高校園裡的尋常風景。

我低著頭，不知道該說什麼。

這個場面有些似曾相識，在記憶深處，隱隱埋藏著類似的窘況。

無論時間過了多久，無論我是否成長，我仍然不知道該如何面對此番情境。

「心譽。」

椅子上的莊老師彎腰屈前，總是瞇成一條線的細長眼睛從下往上地對著我，我無法確定她是不是正在看我，但我清楚地感受到——她不希望我繼續避而不答。

「社長告訴我，昨天只有你一位自願來打掃。」

露高有兩位美術老師，都是年約四、五十歲的阿姨。

張老師才華洋溢、活潑爽朗，莊老師溫文儒雅、平易近人，一位指導書法社，一位指導我們美術社。

莊老師十分好說話，美術社有任何需要、社員有任何想法，她從不拒絕，很願意聆聽大家的意見，總是和顏悅色，我入社到現在從沒見過她發脾氣。

現在也是一樣的。

像這樣慈祥的老師，應該願意耐著性子，仔細聆聽我說的所有話語吧？無論我說了什麼，無論她從其他人口中聽到什麼——

她都會相信我的吧？

我深呼吸，提起懷裡僅存的勇氣與希冀，抬起頭認真望向她。

「……不是我。」

我啞聲說道，聲音和身體不自主地顫抖。

「嗯？」

「老師……不是我。」

我稍微提高音量，一個字、一個字，盡我所能咬字清晰地說。

「我不是……那個……『怪盜』。」

怪盜。

只有電影、小說、漫畫才會出現的詞彙，居然會有從我嘴裡說出的這一天，我第一次體會到什麼叫「荒謬」。

莊老師停頓了許久，像在沉思，也像是突然斷片而忘了反應，約過一分鐘，她才緩緩坐直身子，背部靠向符合人體工學的椅背。

「心譽，你是中學部直升的孩子，嗯？」

她拉高尾音的句末語氣，像在尋求我的認可。我還來不及反應，她便接著說下去了。

「記得朱老師嗎？」

——我國中時的班導？我在心中暗問。

「她是我大學的學妹，我們還滿要好的。在收到你的入社申請後，我們曾經聊到你。」

我不懂她轉移話題的用意。

「我說，你是個很有才華和天分的聰明孩子，朱老師十分同意，只不過她說——」

細長的眼睛突然睜開一道狹窄的縫隙。

「你好像不太知道怎麼和同學相處？」

——什麼意思？

——我們不是在談美術社怪盜嗎？

——為什麼要扯到國中時的事？

莊老師自顧自說著，她將某天和我國中班導的一段閒聊，鉅細靡遺地轉述。

我的腦袋開始嗡嗡作響。

——我大概知道是怎麼一回事了。

就跟深埋在大腦墓地裡的往事一樣。

那是小學四年級發生的事，剛好也是秋高氣爽的星期一。

時間接近校慶，全校洋溢著濃郁的歡樂氣氛，四年級只要派出班上菁英參加運動會個人項目，不必像三年級天天排練團體健康操，也不需要如五年級經營園遊會攤位，更不必和六年級為了運動會團體賽拼得你死我活。

我期待著校慶的到來，半個月前就和同學規劃好當天行程了。

那日，大家玩得不亦樂乎，我曾以為這是我這輩子最快樂的一天。

然而，校慶過後本該補假的那個星期一，一早紅嬸接到一通電話。

我的小學生活從此就有些不一樣了。

原本玩在一起的好朋友漸漸疏遠我，雖然他們對我沒有任何惡意，也從沒做出不禮貌的行為，只是開始拒絕我的邀約，分組時會先去找別人，獨留下我。

當時班上還有育熙在，她總不讓我落單，只要稍微察覺不熟的同學要欺負我，就會挺身而出。或許因為她的保護，直到畢業典禮那天，我才明白發生了什麼事。

我拿著畢業紀念冊，走向四年級時最要好、之後變得相敬如賓的那幾位同學，希望他們留下簽名與祝福的話時，其中一位的家長擋在我們之間，嚴肅地拒絕了。

失望的我一轉身離開，她便以高分貝音量大聲責備那位同學。

「——**我不是告訴過你，不要跟他太近嗎？你還沒被偷怕啊？**」

「沒有爸媽教的小孩就是這樣！品行很差！」

一樣的。

我感覺到心臟往下沉，跳動變得緩慢、拖宕，像是隨時都能停止。

莊老師再怎麼慈眉善目，她述說著的故事在我耳中跟那位家長說的話沒有區別。

——她們都相信，我是一個會偷東西的問題兒童。

畢業典禮結束，我請藍叔別來接我，在這所小學的最後一天，我想用自己的雙腳一步一步走回家。

十五分鐘的路程，我花了快一個小時。

一路上，我的雙頰都是濕的，淚水和鼻水混在一起，我趁著它們流進嘴裡前胡亂用衣袖擦拭，反正這件制服再也不會穿了。

在經過以前和同學玩到忘記時間的公園時，雙腳忽然失去了力氣，走不動了。我就蹲在公園入口的灌木叢後面，用盡全力放聲大哭。

原來，事情在校慶還沒結束，我開開心心回家的時候就發生了。那幾位同學和我深深著迷於五年級某班的娃娃機攤位，我們在那耗上快兩個小時，所有的園遊會兌換券都花光了，畢竟我們一點技術都沒有，我遊戲上毫無天賦，最終只有一位同學夾到戰利品，而戰利品又剛好是我直說很喜歡的小玩偶鑰匙圈。

後來，大致上就是——在我回家後，同學的小玩偶鑰匙圈不見了，其他同學也找不到自己剩餘的兌換券。

然後，他們的家長都覺得是我偷的。

可能因為這些指控毫無證據、也可能當時的老師有其他考量，總之，她只打電話和紅嬸說了一聲，並未採取別的行動，我因而被蒙在鼓裡，那些同學也不敢明目張膽欺負我、表現出明顯敵意，僅僅是默默疏遠我，或將不滿和疑心包裝成惡作劇。知道他們意圖的只有育熙，也只有育熙願意幫助我、相信我。

「心譽，有沒有什麼話想跟我說？」

莊老師再次溫柔地問，那瞬間我以為時光倒流了，但這次她細小的眼睛是睜開的，流露出些許警告意味。

「……我真的沒有。」

莊老師嘆了口長氣，她略顯無奈地說：「星期日只有你進到美術教室，鑰匙借用登記表上也只有你的名字，下一位就是今天中午負責開門的社長了。還是說，你昨天離開的時候，忘記鎖門？」

我搖搖頭，我很確定我鎖上了門。

莊老師伸出溫暖的手，輕輕搭上我的肩膀，我卻覺得她的手掌像顆鉛球，重得幾乎壓垮了我。

「沒關係，心譽，你回去再想一想，想清楚一點，明天跟我說，好嗎？」

我沒有點頭，也沒有搖頭，腦袋裡的嗡嗡聲愈來愈大了。

「先回去吧。」

莊老師轉向辦公桌，隨手抽出卷宗翻閱，不再理我。

我拖著沉重的步伐，蹣跚地走出人來人往的辦公室。

褪色的我與染上夕色的妳

九色曼荼羅遊戲

第七節課開始的鐘聲，像從遙遠的地方傳來。

身體很沉，意識卻輕飄飄的，眼前熟悉的校園籠罩著一層不存在的白霧，模糊而朦朧，我有些不知道自己身在何方，那感覺就像介於睡著與清醒之間，一種懸而未決的狀態。

——沒有人願意相信我。

為什麼？為什麼事情變成這樣了？哪個環節出了問題？是我做錯了什麼嗎？

我只是舉手，自願利用假日，獨自來打掃社辦罷了。

就只是這樣而已啊。

我不曉得該怎麼為自己辯解，我根本不知道要怎麼為自己從未做過的事辯解。

怪盜、被偷走的畫集、遭破壞的畫作、亂七八糟的美術教室……我完全想不透是誰、又為什麼要做這樣的事？是惡作劇嗎？是發洩情緒嗎？純屬好玩？還是為了報復什麼？而這些又跟我有什麼關係？為什麼會覺得這一切都是我做的？

如果中午的我衝進教室，大聲向所有人解釋，誠摯地詳述當天的經歷，他們願意聽嗎？他們會相信我說的話嗎？

——**沒有人會相信我**。

腦子裡另一個聲音幽幽地說。

就像小時候那些同學一樣，就算他們還是跟我玩在一起，心裡的芥蒂早已種下，只要身邊存在一個強勢的聲音，一口咬定我就是戴罪之人、我就是滿口謊言、我就是品行很差……

「**沒有爸媽教的小孩就是這樣！**」

「我有啊……」

好像走不動了，如同畢業典禮的那天，經過公園時那般。

肩膀靠向冰涼的牆壁，雙腿使不上力，身體不停發抖。

和小時候不同的是，我完全哭不出來。

「只是……他們不在我身邊罷了……」

喉嚨裡擠出無聲喃喃，試圖向那些我看不到也不認識的人解釋什麼。

——對、沒有人……

一個力量忽然掐住我的手臂，粗魯地將我拉到一旁，我差點踉蹌摔倒。

「喂。」

清亮的嗓音喊著，像清晨射穿了薄霧的陽光，將我從恍惚中喚醒。

「你還好吧？」

雀茶色的杏眼直勾勾地盯著我，她細軟悅耳的音色使我步步回到現實。

我意識到自己背靠著辦公室旁的樓梯間牆壁，也就是她帶我看清漾璟學姊真實樣貌的那座樓梯間，曾萁蘦纖細的雙手緊揪著我的左右上臂，深怕我站不穩似的。

「剛剛在辦公室，我都聽見了。」

瀏海下的美麗雙眼透露出一絲危險光芒，曾萁蘦壓低音量，悶悶地說著。

「美術教室被怪盜搞得一團亂——午餐時間還沒結束，這個消息就傳得眾所周知。尹心譽，你為什麼……」

曾萁蘦抿了抿櫻色的唇瓣，停頓了一陣。她低下頭，長髮像瀑布一樣向前滑落。

「……你為什麼不求救呢？」

——求救？

「你都拜託我兩次了，這次為什麼沒來委託我呢？」

——委託？

我半張著嘴，一句話也說不出來，只是愣愣地看著眼前的少女。

曾萁蘦終於鬆開手，她往後退了幾步，正巧走進從樓上窗戶灑落的光線裡。

夕陽暖色在她身上暈染開來，雪白的肌膚閃透著光芒。

正如我第一次在教室看見她時一樣。

只不過，眼前的她並非坐在課桌上，而是和我站在同一平面上。

機警聰慧的眼眸凝視著我，像在等待、像在渴求，也像在祈禱。

嘴裡乾涸龜裂，喉底沾黏緊縮。我仍舊一句話也說不出來。

她不再催促我，也不再等待，原以為她會失望地甩著長髮轉身，瀟灑離開……

白皙的手探進隱藏在百褶裙褶子裡的口袋，她掏出一張折了兩折的白紙——我再熟悉不過的八十磅Ａ４白紙。

她不再似笑非笑，不再趾高氣昂，而是帶著凜凜英氣，將摺疊過的紙遞給了我。

「這一次的說明書。」

秀麗的下巴揚起，曾萁蘳努力表現出平常那副不可一世的模樣，卻有著說不上來的不協調感。

「讀吧，我命令你委託我——一樣是十分鐘。」

我戰戰兢兢接下這次的說明書，而她沒拿出手機計時，只是認真地看著我，等我打開那張紙。

這次，紙上並非全然空白，也不見奇怪塗鴉，而是一行字體娟秀的句子。

未記載在律法之上，卻實地傷害了他人心靈的行為，不能稱為犯罪嗎？

這是我上學以來第一次蹺課。

曾萁虉告訴我，她會教我改成病假的方法。

「你的狀態這樣，請病假也很合理。」

雖然聽起來有點怪怪的，但現在的我不管聽她說什麼奇怪的話，也會毫不遲疑地全然相信她吧。

我們就在樓梯間站了整整十分鐘，從身邊仍有同學慌張奔走，站到師長帶著教材離開辦公室，再站到寧靜降臨整座校園，然後，曾萁虉領著我又走回了辦公室。

辦公室內只剩兩位我不認識的老師，他們各自在座位上忙碌，一位沒有因為我們的到來而分心抬頭，另一位似乎和曾萁虉認識，我看她們眼神交會後，禮貌性地點點頭。

我還在門邊躊躇，不確定接下來要做什麼時，曾萁虉逕自走向存放所有社團空間鑰匙的櫃子，並從攤在櫃上的各色卷宗裡，抽出一本黃色的，那是綜合活動大樓的鑰匙借用登記表。

來到曾萁虉身邊時，她已經迅速翻到「美術社／美術教室」頁面，蔥白的手指一一滑過近一週代表社團借過鑰匙的社員簽名。

「古依學姊問我是不是怪盜……就是看了登記表吧。」

我喃喃地說，曾萁蘦沒有回應，僅是微微皺起眉頭，隨後她竟然拉開抽屜，直接拿了美術教室鑰匙，火速在登記表上簽下了時間與名字，我目瞪口呆。

「妳要做什麼……」

她砰地一聲闔上卷宗，手指穿過鑰匙圈，那把我總小心翼翼保管的鑰匙，被她當作

美術社／美術教室				
日期	借用時間	歸還時間	借用者簽名	備註
10月X日（二）	16:03	18:17	呂乙寶／呂乙寶	
10月X日（三）	12:00	17:58	古依／蘇芳郁	
10月X日（四）	12:04	13:23	古依／盧徽徽	
10月X日（四）	16:01	18:05	楊棣堂／楊棣堂	
10月X日（五）	12:00	17:44	汪瓶習／汪瓶習	
10月X日（日）	13:23	15:37	尹心譽／尹心譽	
10月X日（一）	12:05	12:30	古依／古依	

某種小玩具在手裡靈巧快速地旋轉。

「實地調查。」

曾萁蘼回頭望了我一眼，渾身散發不容反駁的氣勢。

「你也一起去，我要在美術社其他人跑來膩在社辦前解決這件事。」

美術社／美術教室				
日期	借用時間	歸還時間	借用者簽名	備註
10月X日（二）	16:03	18:17	呂乙賓／呂乙賓	
10月X日（三）	12:00	17:58	古依／蘇芳郁	
10月X日（四）	12:04	13:23	古依／盧徽徽	
10月X日（四）	16:01	18:05	楊棣堂／楊棣堂	
10月X日（五）	12:00	17:44	汪瓶習／汪瓶習	
10月X日（日）	13:23	15:37	尹心譽／尹心譽	
10月X日（一）	12:05	12:30	古依／古依	
10月X日（一）	15:33		曾萁蘼	

我們來到美術教室門口，不知道為什麼，我的身心都在抗拒那扇門。那扇原本對我而言，永遠都閃耀著光芒的希望之門……

黑髮背影迅速擋住我的視線，曾萁蘐毫無遲疑地將鑰匙插入孔中，迅速開門。

教室內的一切仍維持中午的面貌──就像地獄一樣的場景──連棣堂學長被毀壞的畫作也仍在原處，還有黑板上嘲笑著我的誇張塗鴉。

──怪盜杜賓。

「這個署名……是什麼意思呢？」

「沒什麼意思吧。」

曾萁蘐走進教室後，對眼前的杯盤狼藉毫無興趣，反而走向左側窗邊整排的白色置物櫃，她彎腰，一一打開每個櫃子的滑門，再一一關上。

「大家……不管是古依學姊還是莊老師，她們都認定我就是『怪盜杜賓』。」

「她們依據的是鑰匙借用登記表，畢竟在今天中午前，最後一位借鑰匙的倒楣鬼是你。」

曾萁蘐不放過任何一個置物櫃，她開開關關完左邊那排後，走向對面的置物櫃，又開始一一打開櫃門再關閉，進行著某種我無法理解的神秘儀式。

「為什麼是杜賓呢？」

我想到杜賓犬，有些學姊好像覺得我給人的感覺像隻狗狗，但應該不是杜賓犬那樣勇敢強壯的中型犬吧？

我靜靜看著彎下腰檢查置物櫃的曾萁囍，有著一頭滑順黑髮的她，似乎比我像杜賓犬。

「那是隨便取的吧。」

曾萁囍語氣平淡地說，好像這是很無聊的話題。

「可能取自愛倫・坡筆下的偵探，解決了《莫爾格街兇殺案》、小說世界裡的第一位偵探——C・奧古斯特・杜賓，取用這個名字大概沒什麼特別指涉，也許怪盜本人壓根不看小說，只是隨手從網路上找個名字填上去罷了。」

「是這樣嗎……」

「小偷就是小偷，為什麼要留下稱號讓別人知道？」

「小偷對自己很有自信？」

「一般犯罪者犯案後逃離現場，都會盡力隱瞞蹤跡避免遭到追捕。少數未被逮捕的犯罪者，迫不及待在現場留下暗示身分或是賦予自己特別稱號，如你說的，他們充滿自信、想展示自己的不平凡、自認能力和地位都高於追捕他的人，也帶有嘲諷他人的意味。」

曾萁蘐打開離講臺最近的那個置物櫃，緩緩蹲了下來。

下一秒，她竟然爬進去了。

「不過，我不覺得這位怪盜如此署名是為了這些。」

曾萁蘐窩在櫃子裡，不帶任何表情的精緻臉蛋探了出來，模樣就像模仿睡日本壁櫥裡的動畫角色。

「他不在乎美術社社員會不會追查真相、是不是在意怪盜的真面目，因為他很清楚，大家絕對會將矛頭指向你——」

「……我？」

曾萁蘐似乎一時半刻沒有要出來的意思，窩在櫃裡的她單手撐臉，側躺著看我。

「本校社團活動空間的鑰匙都只有兩把，一把固定放在辦公室，另一把由指導老師保管，只有緊急狀況下通知師長才有可能使用。」

「一把在老師那邊……如果學生的那把遺失了，就有備用的能重打一支……」

「既然鑰匙有兩把，大家也都清楚保管者與存放的位置，一般人就像社長與莊老師那樣，直接依據登記表，認定你就是怪盜。」

曾萁蘦伸出一隻手，指指美術教室唯一的那扇對外門。

「綜合大樓全棟鋁門都是門把與鑰匙孔分開的設計，一體成型的門板上沒有窗戶和多餘的孔洞，門板與門框也非常密合，我相信就算是怪盜，也沒興致玩密室詭計。」

「——密、密室？」

一位怪盜還不夠，連密室都要出現了嗎？而這麼匪夷所思的情況，我竟然被誤會成始作俑者？我可是個連網路小故事都沒耐心讀的人啊。

「幸好開門時出現的只是畫的『殘骸』，而非真的屍體呢。」

曾萁蘦嘲諷似地冷哼，她突然滑動門板將櫃子關上，不一會兒又滑開門板，然後敏捷地爬了出來。她一面拍落衣裙上的灰塵，一面走向教室中間那幅被破壞的畫作。

「那是棣堂學長的作品，才剛開始上色……沒想到被怪盜破壞了。」

我跟在曾萁蘦身後，她若有所思地盯著紙上的裂痕。

「楊棣堂，星期四借鑰匙的人。」曾萁蘦回頭看我，猝然問道：「你怎麼知道是他畫的？」

「社裡只有棣堂學長喜歡廟宇和民間信仰主題，他家好像是相關行業——」

「所以，你是從主題判斷作畫者嗎？」

「還有使用的媒材，學長的水彩很有特色，雖然才畫一點點，但一看就是他擅長的技法。」

「擅長的技法啊……」

曾萁蘳蹲了下來，捏起一小片紙屑端詳。

「你來打掃時，這幅畫在哪裡？」

「放在那邊的畫架上。」

我指指仍擺在左側櫃子前的畫架，下方的用具仍在原位。

「那時候畫作的進度和現在這個殘骸一樣嗎？」

「應該是一樣的。我到教室時，還幫學長倒了洗筆水，他可能打算今天午休時間要繼續畫吧……還好有倒掉那袋水，不然從星期四放到今天有點不衛生……」

曾萁蘳站了起來，她略低下頭，望著一地碎屑。

「露高美術社每個人都有擅長的題材或媒材，對吧？」

「嗯，我們一年級大多還沒定型、還在摸索學習，不過二年級學長姊都身懷絕技喔！作品特色都很鮮明，拿手的也都不一樣！大家都覺得這一屆大概能再在全國賽創造奇蹟——」

曾萁蘳向我投以有點憂傷的眼神，我才意識到自己不小心自顧自地聒噪起來……

「尹心譽，我要再次向你確認——就跟『錢仙之名』時一樣。」

我嚥了口口水。

錢仙之名事件，曾萁蘦單從我所講述的遊戲過程便推測出主使者是誰，並且先帶我去合作社見到漾璟學姊不為人知的情況，再三確認我的意願後，才娓娓道出真相。

「你……想知道真相嗎？」

——我真的想知道真相嗎？

「我……不確定……」

難得地，我如實地說了，說出心裡的膽怯。

但是，如果真相一直不明不白，我是不是就會繼續不明不白地背負怪盜的罪名？

曾萁蘦走向右側置物櫃，輕易跳上不久前她爬進爬出的櫃子，端坐在檯面上，稍稍打開身後的窗戶。

秋風吹起，烏黑髮絲迎風舞動。

「這起事件裡，至少有兩個人說了謊，還有一位尚未說出真話，我不曉得他是不願發言，還是毫不知情。」

曾萁蘦看著窗外平靜地說，就像之前一樣，我處於有聽沒有懂的狀態。

「最大的問題點在於，看似唯一證據的登記表，校園單純的環境、制式的規定，使一般人太下意識相信那份表了。」

「妳是說……那份表不可靠嗎？」
「哼，若要尋求可靠證據，至少該去警衛室調一樓大門的監視器畫面。」
曾萁蘦厲聲地說，眼裡充滿不悅。
「雖然怪盜本人可能會說『監視器只拍到門口，沒拍到美術教室外的情況，不足採信』，或是他早就想到監視器的存在，為此做了簡單喬裝……不過，你應該不想看監視器畫面吧？」
曾萁蘦說對了。
即使看了能得知怪盜的真實身分，也能證明我的清白。但就跟她問我想不想懲戒學姊一樣……我似乎、不希望真的採取如同辦案，尋找定罪證據那種方式，可能我心裡始終想相信這些人都不是有意的，他們的背後一定都有著無法說出口、感傷卻又不得不為之的理由。
想到那些我發自內心欽佩的人們，心中卻承受著壓力與悲傷，就彷彿我小心捧著的希望如玻璃杯般粉碎了。
身體忽然又失去力氣，為了不讓曾萁蘦察覺，我小心地退後，輕輕靠在教室另一頭的置物櫃邊緣，和她遙遙相望。
「雖然還不清楚怪盜的動機，但他的目標確實就是你。」

明亮的嗓音口齒清晰地說。咚咚兩聲，曾萁蘦的鞋跟踢了踢身下的櫃門。

「怪盜杜賓為了嫁禍你，躲藏在這個櫃子裡，按兵不動快兩個小時。」

「什、什麼？」

我悄然瞟向對面，看向襯托著那雙纖細長腿的白色櫃子。

在我和儲藏室的雜物奮戰時，在我發現那本絕美的畫集時，怪盜一直躲在美術教室的櫃子裡？

「直到你離開，鎖上門，他才爬出來搞破壞。」

「他……他是從什麼時候進來的？該不會……」

「是的，你想的沒錯，就在你用鑰匙開了門，趁你走到後面儲藏室的時候，」曾萁蘦的食指套著鑰匙圈輕輕旋轉，「確定你一時半刻不會出來，怪盜便走進教室，躲進櫃子。」

「那不就像是我幫他開了門嗎……」

「是的，而他的名字不會出現在登記表上。」

「如、如果是這樣，不就誰都可能是怪盜了嗎？也不一定是美術社的人吧？」

「我說了，怪盜的目標就是你，所以，他絕對是美術社社員。」

「可是——」

為什麼曾萁蘦能說得那麼絕對呢？社內怎會有人想針對我？

這只是惡作劇吧？

絕對是惡作劇吧？

她迅捷地握住旋轉的鑰匙，冷酷地說道：「怪盜的真實身分已經相當清楚了，如果你想知道，我這就鉅細靡遺地告訴你。」

雀茶色的美麗眼眸閃透著寶石般的光芒，然而曾萁蘦卻蹙著眉，神情複雜地凝視著我。我很清楚，她看穿了我的思緒，她完全明白——我不想知道真相。

「不久前，你和一個美術社男生在文創園區的咖啡店糾纏我，為了解開暗號，給我看了那支取材自〈女人與彌諾陶洛斯〉的動畫影片。你們自己應該也看得出來，那幅畫並不是掃描了原作，再以繪圖軟體或濾鏡APP套用效果再製的。」

但是，曾萁蘦想要告訴我，她希望我知道真相，就如同在辦公室外相遇時，她主動遞給我說明書，要求我委託她時一樣。

「而是影片製作者親自臨摹仿畫，再後製成動態圖檔。」

我想起說明書上那行秀麗的字跡。

——她為什麼要寫下那段話呢？

「那次之後，我大概曉得美術社至少有一名對『仿畫』有興趣，甚至是具備天分、擁有相關技能的社員。」

大腦又開始嗡嗡作響，太多資訊、太多畫面、太多疑惑一口氣塞進意識裡，我找不到喘息的空間，而她不斷地說著、不停地說著。

「二年級社員各有擅長的創作類型與特色，也因如此，週日下午你一看到那幅廟宇水彩，便先入為主地認定是楊棣堂利用課餘時間畫的。」

「——可是，我離開時鎖好門了。」

我悄聲地說，不小心打斷了滔滔不絕的曾萁蘦，她終於停下，平靜地望向我。

「妳不是說，怪盜到訪後的美術教室是間密室……」

呼吸莫名急促，我緊盯著那張因為背對霞光，而模糊不清的精緻臉蛋。

「我從沒說過這裡是密室，我說的是——怪盜不玩密室詭計。」

「但是，門確實鎖上了。」

曾萁蘦眉頭皺得更緊了，整張臉都沉入黑暗中。

「怪盜是在你鎖門離開後才破壞教室，而這棟大樓所有的門鎖，都可以從內部轉開。他搞破壞後，直接開門走出去就好了。」

「那門……不就等於沒鎖了嗎？」

「所以我才說——這裡不是密室。」

曾萁露拉高語調，我恍惚地搖搖頭。

「可、可是中午大家過來時，門是鎖著的啊……」

「你怎麼知道門是鎖好的？」

曾萁露猝然問道。

「我、我很早就到美術教室了……」

「今天中午是你開門的嗎？」

「不是我，不過……」

「尹心譽，我說過，這起事件裡，至少有兩個人說謊。」

長髮披肩的她在昏暗的社辦裡看起來籠罩著陰影，只剩那對銳利眼眸閃透光芒，令我想起她在校內享有的名號。

曾萁露飄飄然地躍下，輕巧落地，緩緩朝我走來。

「而其中一位，就是……」

「——是我開的。」

毫無預警地，不屬於我們兩人的第三個聲音冷冷響起。

「登記表上寫了，今天中午是我借的鑰匙，我負責開的門。」

皮鞋清脆敲響地面，鳳眼冷峻地盯著黑板上狂妄的塗鴉。

美術社社長，古依學姊，突然走進教室。

「學妹，我可以告訴妳——門，是鎖好的。」

曾萁蘬的雙眼猛地瞪大，我以為她會開口說些什麼，就像剛才只有我們兩人在時那般滔滔不絕，但她卻異常沉默，唯獨眉頭依舊深鎖。

學姊在被撕毀的畫作前蹲下，纖長的手指逐一捏起破碎的紙屑。

「妳的推測是錯的，所有發言不過是妳自己的假設。」

學姊捧著碎裂的廟宇一景，邊走到我的身旁邊冷聲說著，她將曾萁蘬聲稱是怪盜杜賓仿棣堂學長的畫作殘骸擺上櫃子檯面，開始拼湊。

「就算是偵探，揭發真相也要拿出證據。」

學姊眨眼便將畫作拼成原貌，曾萁蘬的表情恢復成往常那副冷淡無謂，杏眼睥睨著古依學姊，依舊一言不發。

「很可惜，這裡是現實中的一所學校，不是妳幻想的小說世界。我不曉得為什麼妳樂得別人叫妳『魔女』，還在校內玩偵探遊戲。」

「學姊……曾萁蘬只是好意，想幫忙解開謎團……」

「不管是什麼樣的謎團，這終究是我們美術社的社內事務。」

古依學姊以她懾人的氣勢強硬說道，曾萁蘬無動於衷地盯著她。

我覺得自己好像在觀看某種血淋淋競技的現場轉播，如果用野生動物比喻，此刻的曾萁藚像隻機警敏銳的獵豹，學姊則是無所畏懼的雄獅。

學姊走向傾倒的畫架與畫板，一一扶正那些木製的繪畫用具並歸位，嘴裡沉聲說著：「無關人士，也請不要隨便借我們的社辦鑰匙，隨意闖入，特別是在本社剛被不明人士破壞之後。」

當學姊經過曾萁藚身邊時，她垂下臉，緩緩靠近，似乎低語了一些什麼。

「哈哈哈哈哈哈哈哈——哈哈哈哈——」

我看不清曾萁藚臉上的表情，她卻驀然大笑，彷彿聽見世界上最好笑的笑話似的，清亮的笑聲迴盪在傍晚黯淡的美術教室裡。

——我感到一陣毛骨悚然。

在她笑聲漸歇之時，蔥白的手指掐著美術教室鑰匙，交付到學姊手中，杏眼若有所思地瞟了我一眼。

接著，黑髮甩動，她如一陣驟起的冷風呼嘯而過，頭也不回地走出教室。

而那猶如魔女的笑聲，仍在我的耳邊，繚繞不止。

CASE 04

九色曼荼羅遊戲

第八章　少年的詠嘆調

眼前一陣花白，似是重回錢仙之名遊戲結束的那一瞬。

曾萁蘦離去後，學姊漫步到電燈開關前，點亮了所有的日光燈。

黑板微微反光，花俏狂野的塗鴉因為光線而變得難以看清。

第七節課早已結束，象徵放學的鐘聲也響過許久，校園充斥嘈雜人聲，校門方向不時傳來指揮交通的哨音，有些同學急著回家或趕去補習，但照理說，更多的露高學生會選擇投入社團活動。

奇怪的是，美術社其他社員卻無人現身。

事情發展讓我不知所措，原本一切就像曾萁蘦所說的運行著，她自信地宣稱，要在社員來社辦前解開謎團，但是古依學姊卻唐突地出現，並中斷了曾萁蘦的調查與推理。

而星期三的魔女，竟然連一句反駁的話都沒說，帶著瘋狂的大笑離去了。

高挑的身影回到東倒西歪的畫架前，濡羽色（註38）的黑髮充滿亮澤，乾淨俐落地束成又長又直的低馬尾，沿著纖長的後頸自然垂下。

古依學姊沉默不語地繼續整理搬動——她不會是想獨自復原整間教室吧？

我緩緩站直雙腿，確定身體有了力氣後，走向倒臥在兩三步遠的畫架，取下插梢，將收攏的畫架歸至原位。

多了我一人的加入，還是讓整理速度快上不少。

「我叫其他人回去了。」

我們放好最後一組畫架，講桌前的空地恢復成原本空蕩蕩的模樣時，古依學姊忽然開口。我回頭看向她。

她雙手環抱在胸前，鳳眼端詳著黑板。

「你覺得畫得怎麼樣？」

「……咦？」

學姊的目光停駐在黑板上，我無法確定她是在看怪盜的塗鴉，還是那隻空色喜鵲。

「呃……嗯……這個嘛……」

我對美式街頭塗鴉完全不了解，無從評價起，雖然暗自覺得這幅塗鴉若是出現在都

註38：濡羽（ぬれがらす），亦稱「濡烏」、「烏羽」，日本傳統色，亮麗的黑，「濡」取雨水淋濕的亮澤之意。

市街道上，應該更能展現生命力，卻又擔心這樣的說詞會顯得思想侷限。

在我困窘到只擠得出嗚咽聲時，學姊取下了喜鵲，隨意扔至講桌，鳳眼凜冽地瞪著那幅水彩。

「在我看來，這張習作畫得不怎麼樣。」

我不好意思地低下頭，羞愧油然而生。

──原來她問的不是怪盜的塗鴉啊……

「學弟，你覺得這張習作畫得好嗎？」

學姊又問了一次，她仍以「習作」稱呼那隻喜鵲。

我點了點頭。

古依學姊看了我一眼，嘴角勾起淡到難以察覺的微笑。

「你會覺得他畫得好，是因為你的能力還遠不如他。」

學姊扶正喜鵲水彩，小小的矩形紙張與講桌的邊界轉為平行。

「當你的程度在他之上，就不會覺得這幅習作有什麼了不起了，顯而易見的缺點一大堆。」

我明白自己的不足，從開始畫畫後，我一直都是獨自埋頭苦幹，隨心所欲地畫著。只有參賽時看到其他人的作品，才意識到自己置身的繪畫世界是如此寬廣，才開始讚嘆其他年紀相仿創作者的畫作。

而我，鮮少回頭自省。確切地說，我其實不確定該如何自我評價，也看不清所謂的程度差異、能力差距……

我只是在每幅畫作前睜大眼睛、張大嘴巴，私自享受著胸腔裡溫熱的鼓動。

「美術社的人們，都在同一條船上。」

古依學姊猝然說道，我愣愣地望著她，她取來板擦，確認直紋絨布面保有一定乾淨程度後，直接覆上黑板滿滿的塗鴉，毫不在乎紛飛的粉塵沾染在她的臉上、身上。

同樣是黑髮美人，學姊渾身散發出超脫年齡的成熟氣質，和曾萁藹那神秘中略帶稚氣的感覺很不一樣。

「發生這種事，是我這個社長無能。」

她的每一道擦拭，都像在用力跟這一切荒謬事件訣別。

「我已經和中午在場的社員說了，以後誰都不准再提這件事，群組裡的相關訊息一律收回，照片全部刪除——就當作那是某個人的裝置藝術與行為藝術作品。」

「所以……學姊才自己來社辦嗎？」

古依學姊打算獨力擔下所有責任嗎？不管是社員，還是指導老師？

「嗯，我想一個人收拾好，沒想到你會和那個學妹在這裡。你跟她很熟嗎？」

「她之前幫過我一些忙……」

也許是我多心了，總覺得學姊好像不太喜歡曾萁藹，不過，也可能因為她不是我們社的，又在沒告知美術社老師和幹部的情況下，直接跑來說要解決事件的緣故吧。

「聽雀茶國中畢業的人說，那個學妹有點奇怪。」

——不是有點，是十分奇怪。

但是，她有種難以形容的奇特魅力。

我還來不及開口回應，古依學姊停下動作，十分不悅地說：「自詡為偵探，喜歡被大家捧得高高的……隨便認定所有她不認識的人都有黑暗面、都是罪犯、都想害人、都居心叵測，呵，這裡是學校，不是她玩偵探家家酒的遊戲場。」

冷峻的嗓音中充滿譴責，我將差點脫口而出的話語全吞回肚裡。

——是啊，這也是曾萁藹少數使我想反駁她的原因，雖然學姊的措辭較嚴厲，但很多時候，我真的非常希望曾萁藹能更相信人們一點。

「學弟，」鳳眼瞟向我，口氣緩和許多地輕聲問道：「你為什麼要加入美術社？」

記得在第一堂社課自我介紹時，我曾如實地說過。

「加入露高美術社，是我從小的夢想。」

一直畫畫、不停畫畫，也是為了這個夢想。

「那你不是已經實現了嗎？」學姊轉身繼續擦拭黑板，「你沒有別的夢想嗎？」

別的夢想？

我想開開心心地在社團裡，和大家一起畫畫——就是這樣單純到說出來絕對會被嘲笑的夢想。幼稚歸幼稚，但這是我最大的心願了。每想到現在的我能如願以償，胸口就會暖洋洋的，充滿踏實感，像一再提醒著我是真真正正活在這個世界上。

還是向學姊坦白吧，她能夠理解的吧。

我調整呼吸，不顧漸漸發熱的雙頰，準備向社內的領導者吐露心聲……

「——你想成為藝術家嗎？」

「咦？」

她的話語如當頭棒喝。

「你想以藝術維生嗎？」

直到此時，我才發現，自己的見識有多短淺。

在享譽全國、社員強大到總令藝教館傷透腦筋的露高美術社裡，這些閃閃發光的學長姊凝視著的夢想，竟是那麼遙遠且巨大。也許，正因為他們追尋的夢想是這樣遠大，他們才會如此閃耀、如此熠熠生輝，反觀我……

「你想成為大師嗎？」

——真是丟臉。

「你想要進步嗎？」

我垂下頭，講桌上那隻振著翅膀的空色喜鵲維妙維肖，是現在的我無論如何都畫不出來的作品，而牠在學姊眼中，就只是信手拈來的普通習作。

——我跟大家的差距，跟學姊的差距，跟這幅水彩的差距，究竟有多遠？

像是被拋進黑暗構成的浩瀚宇宙，渺小無助的我縱使與點點星光為伍，但那些吸引著我的，自行燃燒發亮，無比美麗的恆星，卻都遠在數萬光年之外。

「我可以幫你。」

古依學姊說，似是舉手之勞般毫無情緒波瀾。她仍在用力擦黑板，占據整個版面的塗鴉連同怪盜的簽名，早已全部模糊成粉塵，落在下方的金屬溝槽裡，但學姊極其專注，極力擺動手臂，試圖擦到一塵不染。

「我可以幫助你進步，心譽。」

那位總是遠到難以靠近的學姊，此刻宛如無垠黑夜中，無聲無息暈染出柔和光芒的皎潔明月。

全國學生美術比賽——或稱全國學生美展——作品準備期，終於到來了。

秋季的校園，每天上學時間，都會出現背著長長塑膠畫筒或巨大雙肩畫板袋的同學，大包小包，步履蹣跚，卻壓不垮眼裡強烈的決心。

那是我們美術社引以為傲的社員。

為了保障大家的健康，莊老師禁止我們利用午休時間畫畫：「要有充足的睡眠和體力！不要為了趕作品害身心都生病喔！」

每天第七堂下課前，走廊上就開始出現美術社社員，大家宛如舉起旗幟、吹響號角的傳令號兵，凡是仍坐在班上的社員一見到他們，就會熱血沸騰，蠢蠢欲動，開始偷偷收拾書包，準備衝向乘載著青春夢想的綜合活動大樓。

美術教室裡，有的社員埋頭苦幹，有的社員還在構思，但也不是所有人都在這裡繪製參賽作品，更讓我有些驚訝的是，似乎不少人都參加了校外畫室。

「你在想什麼？」

沉靜的聲音拉我回現實，古依學姊不知道何時來到身後，打量著我的畫板。

「啊……我……」

——不好意思說我在胡思亂想。

「你這樣畫不對。」

鳳眼緊盯我的草稿，四開水彩紙上，淡淡的鉛筆線勾出一個圓潤的人影。

雖然我也還沒決定參賽主題，心裡倒是有想畫的方向。

我想畫人像，展現溫暖、療癒心靈的人像。這股念頭令我想起紅嬸，而我居然至今從沒為她畫過肖像。

「你有聽到我說的嗎？這樣不對。」古依學姊氣勢凌人地說，適合在黑白琴鍵上遊走的手指直指草稿：「擦掉，重畫。」

「喔喔，好、好的！」

學姊下了命令，我慌慌張張地捏起軟橡皮，小心沾黏掉草稿痕跡。

古依學姊回到她的座位——就在我的對面——我們倆的畫架背對背，宛若鏡像，剛好位於美術教室正中間，這應該只是湊巧，純粹因為學姊和我每天都是最早到社辦的。之後陸續到場的社員，像被學姊的氣場震懾似的，總將畫架安置在我們的外圍。

最後順理成章地圍成一個圈圈，包圍著學姊與我的畫架，彷彿某種魔法陣。

由於大家都在為作品傷腦筋，沒有人會時刻關注別人作畫，我也不是畫畫時身邊有觀眾就會不自在的人，倒也沒有改變座位的念頭。只是，每當學姊起身關心我時，多少還是會引起其他社員的注意。

相信古依學姊也不是那種會到處說「我在指導尹心譽」的人，她在社團一直都滿惜字如金的，但她三不五時到背後盯著的舉動，在其他人眼中應該就是鐵錚錚的「指導」吧。

這樣心照不宣的特殊關愛，害我有點緊張、有點不好意思，卻又有一點點得意。

眼前的紙張恢復成最原始的型態，潔白如昔，我挽起衣袖，再次下筆。

「還是不對。」

「啊……」我愣了一下，學姊又無聲無息地出現了，也許是我太專心才沒發現吧，「抱歉。」

「你有帶參考的照片嗎？」

手機裡是有紅嬸的照片，但都是我們的自拍合照，畫面全塞滿臉部特寫的那種，但我想畫的是記憶裡紅嬸含辛茹苦操辦家務的神態。

我不好意思地搖搖頭，學姊嘆了口氣。

「你先不要畫上去，拿不要的紙或素描本自己練一下。」

「是，是的！」

我彎腰找出十六開素描本，翻開新的一頁。

這次學姊沒有回座，她在教室裡漫步，開始巡視大家的畫板。

我大概曉得她的意思了——想畫人物的我，缺乏繪製正確骨架的基本功，的確平常練習多是靜物與石膏像，加上沒有參考圖直接憑空打草稿，在技巧紮實的學姊眼裡，我筆下的紅嬸應該歪曲又荒謬吧？

我暗自決定回家後要偷拍幾張紅嬸忙碌的身影，在那之前，就先以其他社員當作模特兒練習……

素描筆唰唰地畫下鉛色，雙眼捕捉到右前方背對著我的歐思凱，他蜷著背，緊抓炭筆塗塗抹抹，我試圖將他瞬間的樣貌烙印在素描本上。

——一定要更加倍努力才行，這樣才追的上大家。

這不是我第一次參加全國美展，卻是我第一次披著露高美術社身分參加，必須拿出不會砸了美術社招牌的作品才行。

「這樣還是不對。」

學姊突然靠在耳邊低語，我嚇了一跳，素描筆差點掉到地上。

「你以前老師是誰？」

「我……沒有老師，」我緊張地回道，和曾萁蘐的花香不同，學姊身上有著淡淡的木質調香氣。

「你不是中學部直升嗎？」

「是、是啊，只是，我一直都是自己在家畫畫。」

學姊沉默，她挺直腰桿，像陷入沉思。不說話的她讓我更緊張了。

過了半晌，在她終於要開口時——

「啊啊啊——好餓啊！」歐思凱毫無預警地跳起來，大猩猩似地仰天長嚎，只差沒有搥打胸膛。

「學弟！嚇死人了！」坐在我右邊，歐思凱後方的芳郁學姊嚇得大罵，還揉了一團軟橡皮丟向歐思凱。

「對不起嘛，創作太耗能啦，莊老師也說我們要好好照顧自己——」

「可是你剛進來時才吃了兩塊比臉大菠蘿麵包耶。」阿瓶學長嘲笑地說，他坐在古依學姊的後方，我只聞其聲不見其人。

「我在長高嘛！」

「啊，我也餓了。」窩在懶骨頭區翻水墨畫冊的徽徽學姊輕快地說，「都快六點了，該吃晚餐了。」

「來叫外送吧！」小寶學姊的圓臉從我左邊的畫架探了出來，手裡揮舞著黏滿水鑽的手機，「大家今天想吃什麼呀？」

「又叫外送啊……」阿瓶學長忍不住抱怨，「又貴又吃不飽。」

「我要吃自助餐。」躺在置物櫃上滑手機的張椋學長說。
「那我也去吃自助餐！自助餐阿姨看到阿椋都會算比較便宜！」
「我也要去！跟阿椋學長吃自助餐太划算了！」
「可惡，人帥真好。」
「欸欸，等一下，」小寶學姊不悅地說，「男生都跑去吃自助餐，那誰去拿外送啊？」
「要吃的人自己去拿啦！」
「女生自己去拿啦！」
「大門很遠欸——」
「那就不要叫外送啊！」
眼看男女之間略帶戲謔的小小戰爭一觸即發，我正想出聲自願去拿外送時，歐思凱搶先一步舉起雙手大叫。
「我！我可以去拿！」
「耶，學弟，你最好了——」
「阿凱！你這個叛徒！你這個男性之恥！」
以阿瓶和張椋學長為首的男生社員，一邊開玩笑罵著歐思凱見色忘友，一邊打打鬧鬧地走出社辦。回歸平靜的美術教室只剩下歐思凱和我兩個男生，以及所有的女孩子社員。

「小寶——」徽徽學姊赤腳衝到小寶學姊身旁，給了她一個大擁抱，「我們今天來叫韓式炸雞吧！」

◆

社辦香氣四溢，為了不讓食物氣味沾染畫作，學姊們搬來電扇，試圖讓炸雞香味往門口吹去，這樣的風向設置，順帶向其他社團炫耀「美術社可以吃炸雞喔」的福利，至少對隔壁仙風道骨的書法社來說，絕對是莫大的痛苦。

「我以為書法社的都像神仙一樣，不食人間煙火咧。」歐思凱啃著甜滋滋的洋釀雞翅說。

「你看我們家徽徽，像仙女下凡嗎？」

芳郁學姊賊笑著，徽徽學姊獨自抱著一盒特辣的去骨炸雞，配著一大碗海苔白飯和整份辣炒年糕大口吃著，嘴邊沾滿了鮮紅的韓式辣醬，她還抓了一瓶兩公升可樂豪爽地直接對嘴喝。

「人家只有來社團時才能吃這些嘛。」

「徽徽家吃全素，只能在美術社尋求慰藉了。」小寶學姊舉著手機不停拍照，她負責經營美術社社群，除了分享大家的作品，也會穿插我們的校園日常，「大概也因為這樣，那些想追我們社花的臭男生才會全都打了退堂鼓吧，哈哈。」

「我又不想談戀愛！」

「學弟，你們猜猜——」小寶學姊神色曖昧，這是她分享八卦時的標準表情，「二年級男生裡，誰跟徽徽告白了三次，三次都被無情拒絕了？」

「我才沒有無情呢！就真的還不想談戀愛嘛！」

「三次啊，好有毅力啊。」歐思凱一臉震驚，他詫異地盯著我低聲喃喃，「談個戀愛居然要告白三次嗎……」

「因人而異吧。」我回以苦笑。

「不過，那個狡猾的阿瓶對徽徽窮追不捨，應該別有企圖吧？」

「蘇芳郁！妳怎麼直接爆雷了？」

「這不是超明顯而且大家都知道的事嗎？」

「一年級的都不知道吧！」小寶學姊看看我們，歐思凱與我同時搖搖頭。

「比起我，我覺得阿瓶喜歡的是我爸爸。」

——這、這什麼驚人發言！

歐思凱的雞翅骨頭差點掉進飲料裡。

「我們的徽徽大小姐來頭不小唷，爺爺是國寶級書畫家，爸爸在故宮工作呢。」芳郁學姊插起一根年糕送入口中，「唔，好辣啊這個……」

「阿瓶對藝術品、文物修復很有興趣，雖然我沒和他交往，但是他想和我爸聊這些的話，我還是會幫他引薦的，我爸認識很多國內外厲害的修復師。」徽徽學姊微笑說著——撇除滿臉的韓式辣醬，她看起來就像天使。

「居然是藝術品修復？還以為阿瓶會選動畫耶。」小寶學姊有點訝異，「不過不管哪條路，都得出國念吧？」

「阿瓶的確是計畫高中畢業就出國唷。」

「很好！這樣藝大的競爭者又少了一位！」芳郁學姊爽朗地笑著。

「說到這個，我應該也不考藝大了。」

「哇！小寶也決定了嗎？」

「我想念廣告——廣告行銷，不是廣告設計。」小寶學姊總算放下手機，戴上塑膠手套，拿了第一塊晚餐，「這次美展參賽作就是生涯告別作了呢。」

「唉，看來我們這屆西畫組的不多了，徽徽會選有國畫組的學校吧？」

顧著吃的徽徽學姊點點頭，一臉幸福的樣子，看來鑽研文物修復還不如擁有一身好廚藝，才能贏得她的芳心吧。

「芳郁學姊咧？」歐思凱好奇地問，「妳的畫都跟照片一樣那麼強……」

「我是會考藝大啦，不過打算走金工唷。」芳郁學姊笑容燦爛地說，「成立自己的飾品品牌是我的夢想！以後你們全都得帶著鈔票來給我捧場喔！」

「所以……學長學姊都已經想好未來出路了？」

我不敢置信地看著學姊們，明明大家都不計形象大嗑炸雞，卻依然散發光彩。

「就我所知，二年級應該都確定了？」小寶思索道，「啊，除了棣堂，每次問他他都瞪我……」

「棣堂不需要擔心吧？他家有那麼大間金碧輝煌的廟耶。」

「張椋學長呢？」我想起那位外型引人注目，腦迴路異於常人的學長。

「別看他那副德性，阿椋是同人圈超級大手。」

「據說每次販售會擺攤的單日營收，就高到會被國稅局查稅的那種……」

——果然是不可貌相的美術社傳奇。

「至於我們偉大的社長大人更不用說啦！」芳郁學姊親暱地往旁邊一靠，輕輕偎在古依學姊的肩上，後者面不改色地吃著炸雞，「創社以來，第一位畢業前就簽了經紀約的大藝術家！」

「大師！大師！」

「還沒簽呢。」古依學姊冷淡糾正。

「所以我說了『畢業前』嘛，妳不是已經在準備畫展作品了嗎？」

「少囉唆。」

「好厲害……」我感歎著，欽佩油然而生。

目光實在很難從古依學姊身上移開，她或許不是社員中外貌最搶眼的，但那無與倫比的氣質與氣勢，直接體現出她的特殊性，和我們這些高談闊論著青春未來的高中生不同，她是早已一腳踏入業界的先驅。

——我和大家的差距，究竟有多遠呢？

身邊的歐思凱雖然也高呼著「太厲害了」、「可以跟我握手嗎」之類的話，但他和我終究不一樣，歐思凱是高中才開始畫畫，從沒展現過野心，就如他入社時的自我介紹一樣，帶著「美術社女生會比較多」的理由，純粹體驗青春而已，之後大概會回歸尋常的升學之路。

——從小到大，只知道畫畫的我，想要抓住什麼樣的未來呢？

我靜靜看著沾滿醬料的手。

這裡的每個人都擁有、或是都「將要」擁有勾勒未來的絢麗藍圖，從沒好好想過這些的我，好像更加崇拜學長姊了，好像更以身為美術社一員為榮了。

——必須加倍努力、加緊腳步，快點追上前輩的步伐才行。

雙手握拳，塑膠手套隨著摩擦發出悉窣聲，微乎其微的聲響，就跟現在的我一樣，那樣地渺小、那樣地微不足道。

⬟

眼。

眼周肌肉，上下斜肌、上下直肌、內外直肌，一束束拉扯眼球。

手。

手骨，八塊腕骨、五塊掌骨、十四塊指骨，一片片拼湊手型。

「……藝術家有兩種。」

古依學姊冷酷的話音，在我腦中揮散不去。

那是週五的晚上，已經快九點半了，大家早就收拾回家準備過週末，社辦只剩下學姊和我。那也是我第一次聽到學姊講了這麼多話。

「一種是奉『美』為至高之物，以『美』為動機驅動作畫，也以『美』作為結果追尋，並且沉溺其中。這一派的奉行者唯美是圖，憑藉著內心本能以色彩操控觀看者的情緒，造就看畫當下的狂熱。」

骨骼、肌肉、肌群、皮囊、面部特徵……都是以前的我從未用雙眼仔細觀察過的部位。

「另一種則奉『技巧』為至高之物，窮極一生鍛鍊自身技巧，甚至致力開創前所未見的技巧，挑戰自我也挑戰歷史。作為先行者的這條路辛苦而孤獨，並且很有可能這輩子都無法達到自己所希望的成功，畢生都與失敗為伍。」

解剖，型態，幾何，動態，結構，比例，分析，平面，立體……都是過去的我未曾用大腦深切思考過的事物。

「你回想看看，在欣賞一幅畫的時候，不管是什麼身分、什麼職業，就連沒受過專業藝術訓練的人，不是都能輕易冒出『畫得真美』、『這是開心的畫』、『那是溫暖的畫』之類的心得嗎？」

是啊，畫，是眼睛欣賞的藝術，是具象的，是確實存在的。而畫，同時也存在著顏料的氣味、媒材的質地、紙張的紋路，不僅看得到、也摸得到，甚至聞得到，藝術家應該認真雕琢這些具象的部分……

「你將一幅畫畫得符合大眾能夠分辨的『美』，完全不需要鑽研多困難的技巧，就能輕易使人們買你的畫，這樣你知道了吧？技巧之路是孤高的、艱辛的，但那也是藝術家自身才能切身體會的領域。」

而這些，都是著迷於畫畫的我，早該明瞭學習的——

「『藝術』一詞中，無論是『藝』還是『術』，都應該指人類能掌握與使用的技能，而藝術家作為人，生命短暫，無論是哪個領域的藝術，畫畫、雕塑、音樂……追求高超技巧就是人類藝術家之所以能夠偉大的法門。」

就算手腕發痠，腰背僵硬，我還是賣力地振著鉛筆，看著濃淡不一的灰色構築出我眼睛轉譯的參考資料。

「耽溺於『美』的釋放與專注於『技巧』的訓練，兩條道路大相逕庭。」

素描一張張墜落，落在我的腳邊，像一地失色的枯葉，而我早就沒有多餘心力去留意那些畫完等於無用的習作。必須讓身體記起來，讓這雙手記起來，記住這些——

「心譽，你選哪一種呢？」

那時的我沒有回應學姊，但在心中，我明白自己早已做了選擇。

——我的起步，實在太晚了。

但是，就算起步再晚，我還是想全心全意地投入、用盡全力地努力。就算這輩子都無法成為偉大的藝術家，我還是會踏上學姊所說的——鑽研技巧的孤高法門。

雖然這樣想有點自以為是，但那或許，就是我誕生於世的使命。

我想如此相信。

我不想只是一個隨手將塗鴉到處拿給別人看，討個開心笑顏、被親暱地摸摸頭就滿足了的小孩。

古依學姊，就像是我的啟蒙老師……不，她確實就是。如果能早一點遇到她就好了，如果能再早一點認識她就好了，如果踏入美術社的第一天，我就鼓起勇氣向她搭話就好了。如此一來，我便不會追趕的這麼辛苦了吧，不會這麼晚才發現自己多麼愚蠢天真。

「我還……來得及嗎？」

叩叩叩——

綿長的敲門聲。雖然不希望被打擾，我還是應聲了。

「請進……」喉嚨有些乾啞，關進畫室後，我不知道已經多久沒喝水了。

「……燈也太暗了吧！」

育熙的聲音與畫室所有的燈同時亮起，突如其來的刺激令我忍不住緊閉雙眼。

——就連眼睛都有點乾涸痠澀。

「心譽，你都不休息的話，眼睛會壞掉的。」

「我每天都有吃紅嬸準備的葉黃素，她還泡了很多菊花、枸杞之類……」

「重點不是這些啊！重點是你畫室的燈不該關那麼黑，還有！你該好好休息！」

育熙永遠都是那樣生氣勃勃。

隔著眼皮，在感覺能適應光線後，我緩緩睜開眼。憂心忡忡的她雙手叉腰，一副準備發脾氣似地站在我面前。

「而且你也把這裡搞得太亂了吧！」

畫架前的我困惑地環顧四周，地板滿是畫完的素描練習，一張張或黃或白的素描紙，還有一本本正反面都被使用過的素描簿，散落在紙張與畫本上的是如雪花般堆積的鉛筆木屑。

大腿上、身旁的矮桌與好幾張板凳都堆滿人體解剖學書籍，關節可動的人偶和手部模型以奇異的姿態占據了狹小的桌面縫隙，手、眼、鼻等人體局部石膏像靜臥在岌岌可危的桌邊，隨時都可能摔得支離破碎。

為了練習光影，我本將主燈全關了，只留下一盞桌燈與一盞立燈。立燈照亮我的畫架，桌燈聚焦在參考書或模特兒上，營造出完美的、專屬於我的精神時光屋。

非常難得地，育熙竟然沒有大聲責備我，反而默默收拾起散落一地的紙張。正想阻止她打掃的我，錯過了開口的時機。

「心譽……比賽什麼時候截止啊？」

「還有三個禮拜吧。我手機行事曆有寫，學姊幫我輸入的。」

育熙冷哼一聲，她捏起一張習作端詳，上面畫滿了各種動作的左手。

「這些……不是參賽作品吧？」

「嗯，我還在加緊練習。等練到學姊覺得可以了，我才會畫作品。」

「這樣來得及嗎？」育熙憂愁地轉向我，我咧嘴回以笑容。

「嘿嘿，妳忘記我畫畫速度很快嗎？妳現在看到的這些，都是今天畫的唷。」

育熙將單張素描練習堆疊整齊，輕輕擁在懷裡，有點鬧脾氣似地嘟囔：「我還是喜歡心譽之前的畫。」

「妳現在看到的都是練習呀，稱不上畫呢。」

我取了張全新的素描紙，以紙膠帶工整地固定到畫板上。

「心譽不畫水彩了嗎？」

「參賽作還是會用水彩，現階段先畫素描加強練習……學姊的意思是這樣的。很多基本觀念與進階細節在拿掉『顏色』後，會變得更好掌握。」

「顏色啊……」育熙將滿地紙張與本子收到書架上，然後轉身整理凌亂的桌面，石膏像被推到安全角落，「我很喜歡心譽作品裡的那些顏色……」

「謝謝妳，不過妳不用那麼擔心我喔。」我抬起左手仔細觀察，右手握筆，在紙上以幾何形狀建構手部骨架，「素描練習很有幫助的，用遊戲來比喻，我現在就是在練功打怪提升等級，很快就能一次爆發直接推王了。」

「遊戲打那麼爛的人好意思做這種比喻啊！」育熙恢復她朝氣十足的口吻吐嘈，「現在都用自動練功升級了，誰像你傻乎乎不要命似地一直一直畫！」

「美術社的大家也都這樣呀。」

「美術社、美術社……心譽每天嘴裡不是美術社，就是學姊學姊的！」我偷瞄了育熙一眼，她清空一張板凳坐下，氣呼呼地掏出手機，「我就要看看，你說的那個學姊到底有多厲害！」

「請慢慢看。她啊，真的超級厲害——」

我邊勾勒著自己的左手，邊觀察育熙的神情，專注搜尋古依學姊資訊的她，從一開始不以為然的不悅，慢慢轉變成略帶驚訝的不悅了，育熙就是個任何事都會直接寫在臉上的人。

「……出身自音樂世家的古依，不像她的姊妹一樣踏上音樂之路，她拒絕雙親古典樂界能供給的資源，轉將藝術才華投入繪畫世界。古依預定在生日前夕，於知名的參界藝廊舉辦第一場個人畫展，作為她的十八歲禮物……」

「看！很帥吧——」

「現年十七歲，就讀露草高中二年級的古依，同時是美術社社長，擅長油畫與水彩，作品中常展現特殊的視角，並以純熟的寫實技巧描繪，更善用灰暗的中性色(註39)，作品曾被評為具有『喪失青春的超齡』……抗拒家族的她，成功闖出屬於自己的一片天……」育熙放下手機喃喃著：「什麼抗拒家族啊？我才不信沒有她爸媽的人脈，最好能接洽到那個藝廊。」

「家中資源也是一種實力嘛，而且要開個人畫展，得拿出超多夠水準的作品啊！這表示學姊一定是從很久以前就決定要這麼做了——」

是啊，學姊絕對是同年齡小孩還在公園裡跑跳、在沙坑裡翻滾時，就為了個人展認真做畫了。我雖然自幼畫了不少，但那些只能算是漂亮的兒童畫，連自己這關都過不了的畫作，不可能被藝術經紀看中，更不可能登上和國際接軌的藝廊。

育熙收起手機，我感覺到一股炙熱的視線緊盯著後背。

註39：廣義上為具有紅黃藍比例不一的三個顏色，狹義上指不帶任何色彩偏向的顏色，不屬於冷色調也不屬於暖色調。

「心譽，你畫了好多手喔。」

「我本來想畫紅嬸的肖像參賽，可是還沒辦法畫出及格的人物……我也不能請紅嬸整天當我的模特兒。所以，我想說好好研究人體解剖，瞭解骨骼和肌肉，加緊練習，等有能力時再畫。」

我抬高左手，翻轉，上面沾染了黑黑灰灰的石墨，彷彿原本的膚色就是那樣。

「畫自己的左手就方便多了，而且它那麼地真實——這和盯著書本、照片、石膏像都不一樣，我可以仔細觀察表皮細小的紋路和毛孔，檯燈照射時邊緣對比出的光影、單薄處透出的血色……我全都得一五一十地畫下來。」

「這種練習……心譽應該畫了上千張了吧？」

「練習的重點在過程，不是張數。」

「心譽！」育熙像是想到什麼似的，突然提高音量喊道：「你的參賽作——畫手——不就好了嗎？」

「畫手？」

「對呀！既然你都練習那麼多了，試試看從『手』延伸成作品怎麼樣？」

有道電流無預警地從頭頂竄入，身體微微顫抖，我不敢置信地看著育熙。

素描鉛筆落地，發出微弱但清脆的聲響。

我推開椅子，雙手興奮地握住她的肩膀。

——我知道我要畫什麼了，我知道我能畫什麼了！

「謝謝妳！」

我開懷大笑，好像好久沒這麼開心地笑了。

畫作的樣貌從無數的手部素描開始延展，我的腦海就是未來的畫布，在黑灰白間逐步染上繽紛燦爛的顏色。

這將是進入露高後，融合了所有影響我至深、所有我熱愛的一切的重要作品……

「謝謝妳，育熙！太棒了！這真的太棒了！妳是我的繆思女神——」

育熙也笑了，笑得滿臉通紅。

第九章　鉛白的青春繪帖

我只用了一個週末的時間完成了作品，甚至還有足夠長的夜晚與凌晨，讓紙上的顏料自然乾燥。

週一上學前，我謹小慎微地將畫作連同木畫板放進黑色畫板袋裡，紅嬸好意想幫我背出家門，我趕緊制止了她。

我不能再像個處處要人幫忙、長不大的小孩了——自己的夢想、自己想守護的東西，就由我自己背著吧。

「心譽，畫完了嗎？」

一進教室，育熙便迫不及待地跑來關心。

「大致上畫完了。」我強忍笑容，點了點頭。深怕不小心顯得太自滿，又會挨育熙一頓嘲笑。她的笑聲在班上很有吸引力，人緣很好的她，絕對會引來其他同學的關注。

我並不想在班上拿出這幅作品。

「接下來要處理很多小細節，讓畫更精緻……」

「我想看！我想看！讓我看一下嘛！」

育熙果然提出了預料中請求，我必須堅持自己的信念才行。

「這幅不行。」我輕輕撫摸靠著課桌旁的畫袋，「如果不是在美術教室打開……就沒意義了。」

「討厭！心譽小氣鬼！得意什麼啊！也不想想那天是誰說我是繆……繆……」

原以為育熙要出手捏我臉頰，我都準備好保護自己了，她的聲音卻愈來愈小，不等鐘響，便悻悻然衝回座位，幾名女同學帶著詭異的笑容靠近她，一票人開始竊竊私語。

女生的世界實在不是普通的難懂。

上午四堂課、下午三堂課，再加一個午休，時間長度一如往常，我卻覺得度日如年。原來心境真會影響體感對時間的判斷嗎？縱使每堂課我都在幻想擺出這幅作品的那瞬間，幻想著學長姊的反應、一年級社員的反應，還有……古依學姊的反應。

這是我按著她的訓練，第一次這麼有系統地完成作品，真想快點聽到她的評價，然後好好感謝她的指導。

如果沒有學姊，我絕對畫不出這幅足以代表現階段的「我」的重要畫作。

放學鐘聲一響，我急忙背起畫袋，小跑步奔向綜合活動大樓。

社辦早開了門，棣堂學長和阿瓶學長已經擺好畫架，他們喜歡靠窗的位置，總是坐在最外圍。美術社並沒有規定大家的座位，可能習慣成自然吧？最中間的位置總是會保留給古依學姊和我。

和學長打了招呼後，我強忍激動，故作鎮定地走向老位置，戰戰兢兢地將快完成的畫作擺上畫架——

西畫組規定水彩畫最大不能超過全開，最小不能小於四開，從沒畫過對開以上的我，保險起見選了四開。和其他人的作品相比，雖是稍嫌小的畫面，在我眼前卻像沒有邊界一樣，是個能夠無限延展的世界。

我在這樣的世界裡，畫上了形形色色的手部特寫。

奠基於學姊的指導，也託了素描練習的福，想不到媒材換回水彩後，我竟能順利地靈活應用，切實感受到特訓的成效。

各式各樣的手、粗細長短大小都不一樣的手，彼此交握、交疊，或緊密地比鄰……數十隻手塞滿四開畫紙，占據了眼睛所見的世界，而這些手都賦予了不同的元素，我希望以簡單扼要的元素刻畫這些影響我至深、引領我向前邁進的人們——

我試圖以濃郁的黑重現炭筆的質地，以清淡多彩的顏料暈染在綁著平安繩的結實手腕上，以濃郁繽紛的色彩點綴緊握著水鑽手機的手，以水彩嘗試水墨筆觸沾上白皙纖細的手，還有畫面正中央那雙猶如鋼琴家般修長的手，我特地調配多種中性色來妝點……

美術社所有成員的手與他們擅長的媒材，我盡我所能地全畫上去了。手與手之間的關係，交織成一張緊密且堅固的網，就像社團大家的情誼、緣分與羈絆都被具象化了一樣。

或許作品還達不到我夢想中的完美程度，但是，我真的很喜歡這幅畫。

我靜靜坐在畫板前，著手精修細節。

社辦有些吵鬧，更多社員在鐘響後五分鐘抵達，邊閒聊邊忙著擺畫架。

「快畫完了？」

棣堂學長的聲音從我身後傳來，我正想回應時，歐思凱也湊熱鬧地靠了過來。

「尹心譽速度這麼快呀？上禮拜社長不是還在盯你練習嗎——哇！完成度好高！你都在家裡偷畫吧！」

「不是的，我也是這個週末才……」

「什麼、什麼？有人比賽作品畫完了嗎？」

「好快喔！我才一半耶！」

「什麼樣的畫呀？我也要看——」

大家紛紛擠到我的畫前，爭先恐後想一睹為快。一下子聚集太多人，我有點不知道該怎麼辦，留在座位上會擋到視線，起身也沒有空隙可暫避。

「欸，學弟，這幅畫……」

好不容易擠到最前面的阿瓶學長，一看到我的畫便一臉驚訝，我滿懷期待地等著他評價。

「——你們幹嘛都擠在這裡？還不回座！」

門口響起芳郁學姊的嗓音，我愈來愈緊張。

「欸，蘇芳郁，妳們快過來看——」

後方腳步一陣雜沓，我感覺到更多人靠了過來，隱約聞到一絲木質調香氣。

「——像不像盧柳石？」

盧柳石？我困惑地看看阿瓶學長，又看了看自己的畫，想不通哪個部分能和石頭柳樹扯上關係。

「什麼像？」芳郁學姊突然氣憤地叫道，「這分明就是啊！」

「黴黴呢？叫她過來鑑定一下。」

「她這週一三五都要去書法社……我去找她過來！」

芳郁學姊飛也似地衝出教室。就算沒回頭，那樣焦急的步伐，任誰都聽得出來。

原本歡快熱鬧的氣氛突然冷靜，就連氣溫都像是驟降了好幾度。

木質調氣味愈漸明顯，我卻更不敢回頭了。

「什麼是盧柳石啊？」歐思凱大剌剌地問。

其實，就算他沒問，我好像也猜得到答案了。

「徽徽的爺爺，國寶級書畫大師。」小寶學姊說，「全臺灣無論名聲、輩分、作品評價還是價格，盧柳石如果是第二，沒人敢自稱第一……」

「──徽徽快看！像不像妳爺爺的畫？」芳郁學姊瞬間就將徽徽學姊領回社辦，氣沖沖地問。

「好像有一點吧？」

「何止一點！徽徽！根本就和我們前天去看的一模一樣！」

「是啊，唯一的差別只有一張是水墨、一張是水彩吧。」阿瓶學長附和。

「學弟！你怎麼能做這種事呢？」

──**有沒有什麼話想跟我說？**

──**你還沒被偷怕啊？**

……又來了。

熟悉的情境。

就跟被誤會為對朋友出手的小偷，被當作是破壞教室的怪盜時，一個樣。

「──這分明是剽竊！」芳郁學姊正義凜然地吼。

「妳說得太過火了啦，」小寶學姊打圓場，「學弟他不一定看過盧大師的畫呀，很可能就只是碰巧取材相似嘛。」

「這已經不是取材相似了吧？阿瓶也說啦，除了媒材不同外，主題、思想、呈現方式、構圖……全都一模一樣！」

我看著眼前的畫，看著那一雙雙親手一筆一畫描繪，象徵著永結同心的手，這些手的主人正站在我的身後，直指這幅畫是剽竊……

「最好人家畫展剛開幕，你就馬上生出一樣的東西！」

「可以不要那麼激動嗎？妳讓學弟解釋一下呀。」阿瓶不耐地說。

「學弟，」小寶學姊溫柔地問，「真的是徽徽爺的畫給你靈感的嗎？」

「你最好不要說謊喔！」

「蘇芳郁，妳先去旁邊啦，人家徽徽反應都沒這麼大。」

「我這輩子最看不起抄襲仔！Copy Cat！」

——**她們都相信，我是一個會偷東西的問題兒童。**

——**怪盜杜賓不是你吧？**

「學弟，即使你真的沒抄襲，可是徽徽爺那麼有名，他在美術館的特展會一路展到明年春節——」

「你的畫就算送展、入選了，也一定會被申訴——」

「有爭議的畫作不可能獲獎——」

「而且你代表的是露高美術社——」

「到時候影響的不只是你個人的聲譽，還會傷害到我們美術社的名聲——」

靜謐的美術教室，學長姊輪流說著，像在苦口婆心地勸導，像在發自內心地開導。

我聽著他們的一言一語，耳裡卻被細微的竊竊私語塞滿了。

那些耳語幻化成一雙又一雙的手，一片又一片地將我剝下，如同剝掉畫布上多餘的油彩。

我逐漸失去色彩。

最後，什麼都消失了，只剩下潔白無瑕的畫布。

「你——」

耳畔，終於浮現古依學姊的聲音，她彎下腰，挨近我，用只有我聽得見的音量悄然地說：

「怎麼會畫這個？」

「好了、好了！都別看了！回自己位置上！」

「趕作品了！趕作品了！不要最後一刻畫不完才在那邊哭啊！」

「也不要叫學長姊幫你們畫！加筆也是違反規定！自己的作品自己完成！」

修長的手闖進我的視野，那隻我忘不了的、位在畫面正中間、主角般耀眼的手，輕柔地在畫紙前揮動。

「這裡——不對，不該這樣畫。還有這裡——這樣畫很奇怪——」

她的手腕柔軟放鬆，像極了舞臺上引領管弦樂團的指揮家。

「這邊這樣畫不是很醜嗎？這裡也不對——嘖，你怎麼會這樣畫呢？」

那雙手輕巧擺動著，樂團卻在演奏一首空洞匱乏的曲子，縱使她是再厲害的指揮，也拯救不了樂團、拯救不了這場演出。

因為，這本就是一首從頭錯到尾的荒誕交響曲。

「把我說的話聽進去。」

鳳眼冷酷地盯著畫作，無數的手也無法遮蔽她看透一切的銳利目光。

——她想必看出我畫的是什麼了吧？

——她一定知道愚蠢的我為這幅畫取了什麼名字吧？

「反正時間還夠，想到要畫的題材後，你最好跟我討論過再下筆。」

——〈美術社〉。

「你根本不該畫這個。」

我靜靜地站在畫之前，不曉得站了多久。

一早，像是感冒似的，全身無力，恍惚地睡睡醒醒，紅嬸替我向學校請了假。過了中午，紅嬸熱了碗粥喚醒我，隨意吃了兩口就沒胃口了，隨口說想去美術館走走。

平常日的午後，館內除了工作人員外，我是唯一的訪客。

渾渾噩噩地走在寂寥的美術館裡，平時的收集癖起不了作用，我連特展簡介都忽略掉了，搖搖晃晃隨意亂走，即便目光再怎麼飄忽不定、意識再怎麼虛弱無力，朦朧中有條看見不見的繩索牽引著我，回過神，就發現自己站在這幅大型水墨畫之前。

我愣然看著盧柳石先生的大作。

就算題材一樣、呈現方式一樣，就算一切都只是巧合……我始終不覺得我們的畫是相像的，我們想傳達的意念全然不同，最重要的是——我和大師之間的差距，比和學長姊們的差距更加巨大，巨大到縱使隔了數百個宇宙，我依然無地自容。

我怎麼可能畫得比大師好呢？我怎麼會覺得我那樣的畫就能稱為作品呢？我怎麼會自作聰明、天真的以為，把習作聚集起來，隨便加上一點色彩、一些補述，就能交差了事了呢？

館內再怎麼安靜，大腦仍響著焦慮的噪音，那些是不友善的私語，而我無力聽清楚裡面的字句，唯獨古依學姊冷峻的嗓音是例外，她像被混音師調成位置過於前面的電貝斯般，顆粒異常清晰。

「**怎麼會畫這個？**」

「**你根本不該畫這個。**」

不知道哪一句話對我造成的傷害更大。

明明只是簡單的問句，學姊的語氣也和平常一樣不帶任何情緒，但她的提問卻像極刮刀，鋒利而直接地刮除不必要的部份，深可見骨。

我再次將自己投入眼前的畫裡，一再地重複，責備自己、腦子嗡嗡響、逃進畫中、再次重複，責備自己、腦子嗡嗡響、逃進畫裡，一再地重複……

——**你還沒被偷怕啊？**

盧柳石先生的畫作，僅有墨色與留白。他筆下的那些手，沒有半點顏色，沒有任何協助聯想的元素，就只是單純的手，充滿細節的手。

手上的每一道紋路、每一段指節、每一寸肌膚、每一個斑點，都滿載資訊，沒有塗抹、沒有堆疊，每一筆都是精心琢磨後精準落筆的，就算沒有繁複的顏色，也清清楚楚地描繪了時間、描繪了情感。

下方的牌子寫著〈母愛〉。

我對自己過剩的自信與自滿，感到無比羞愧。

我靜靜地站在畫之前，直到閉館的音樂聲響起，才開始挪動腳步。

感覺不到久站後的痠痛，或許是滿溢的疲憊與無力早已令身體麻木了吧，但體內那股冰冷的虛弱究竟是從何而來？我是不是應該聽紅嬸的話，出門時多加件外套呢？

走出大門時，淅瀝淅瀝的雨聲喚起在藍叔車上聽見新聞的片段，據說這是冷鋒從北方帶來的雨，寒意宣告提早入冬，只抓了手機出門的我當然沒有傘，沒有傘也無妨，藍叔很清楚平日的美術館是五點閉館，想必正開車趕過來吧。

——如果稍微淋一下雨……是不是會溫暖一點呢？

一個黯淡的紅色在眼角忽然放大又忽然縮小，就這樣挾帶著可笑的「噗噗」聲來回數次。我耗費了點精神留意許久，才分辨出那是把不容易撐開、似乎有點故障的雨傘。

「……啊。」

雨傘的主人放下傘想另謀他法時，我們四目相交。

或許是潮濕的空氣過於沉重才聞不到花香，也或許是雨天昏黑，少了斜陽的顏色，我便認不出她了，即便今日的我們，依然是在傍晚時分相遇。

雨勢漸大，雨聲愈加清晰，任憑大把雨水沖刷也消弭不掉我們之間的尷尬。

穿著黑色洋裝的曾萁蘦應該是那種「只要我不尷尬，尷尬的就是別人」的奉行者，偏偏，我是那種「就算不尷尬也會自己莫名尷尬」的無可救藥者。

「我去了樓上的書店。」

美麗的杏眼直勾勾地盯著我，意外打破僵局，小小的手卻仍在與那把傘角力。

「原來……有書店啊。」

從沒注意到這件事。

「妳……真的……很喜歡閱讀呢。」

「你也真的很喜歡畫畫呢。」

沒料到曾萁蘦會這麼說，她成功讓氣氛恢復窘態。

雨如果小了點，就能拔腿逃跑，然而大雨沒有停歇的意思，我們只能繼續沉默地並肩站著，仰望混濁層雲蔓生的醜陋天空。

「畫畫……開心嗎？」

清亮中帶點稚嫩的嗓音淡然問道。

那瞬間，我突然有股想要全盤向她傾吐的衝動。

——隨便認定所有她不認識的人都有黑暗面、都是罪犯、都想害人、都是居心叵測……

「魔女」的稱號，禁錮了我的衝動。

我淋著雨，衝上車。

我沒再對她說出任何的話，連道別都狠狠拋在身後。

車子緩緩轉彎，她仍站在美術館門口，試著撐起那把傘——如同逢魔時刻，混雜著黯紫的深緋色。

◆

放學留在社辦的社員愈來愈少了，也許大家想在更安靜的空間，專注地完成作品吧。

古依學姊和我是留校的固定班底，圍繞著我們的八個畫架使用者來來去去，每天都是不同的社員，畫著不同的畫。

「很難看。」

「很無聊。」

「好醜。」

向學姊提出的主題一再遭到反駁，程度差又幼稚的我，不管對什麼抱持興趣，在已經晉身藝術界、嚴厲又完美主義的學姊眼中，就是自以為是又毫無才華的嬰孩，總是提出藝術家們早已畫到爛的無趣素材。

幾乎同一時間，無論再怎麼努力練習，我的繪畫技巧遭遇了瓶頸，即便學姊要我停練素描，改練水彩……眼前的色彩卻糊成一團，毫無長進。

「這種顏色很俗氣。」

「俗不可耐。」

「非常醜。」

調色盤裡的顏料看起來都一樣了，灰灰濁濁，每格都像日式喪服的薄鈍色（註40）。

我不知道出了什麼問題，不知道問題出在哪裡，也不知道問題從什麼時候開始的。

——調不出想要的顏色。

畫面愈來愈髒，像終年下著大雨的老舊城市，黏膩、酸臭。

嘗試畫出解剖學書本上的肌肉紋理，應當是暖色的顏料一躍至紙上，描繪的卻是掘開墓地破土爬出的破碎屍骸。

我不知道自己怎麼了。

「你太敏感了。」

「事情沒那麼嚴重。」

「你難道還不習慣嗎？」

「我一開始不就和你說了嗎？」

——偉大的藝術之路，必定艱辛、痛苦、孤獨。

「這是你自己選的，不是嗎？」

是啊，這一切都是我咎由自取，我只能怪我自己。

怪我自己那麼沒用。

睡眠的時間愈來愈長，就連上課時我也昏昏欲睡的。

下課時育熙總會來向我搭話，她的手勢很多、表情豐富、聲音響亮，可我完全聽不懂她在說什麼，只能淡淡笑著，不管她問什麼，就是微笑地回答「沒事」、「我很好」、「有點累」——這算敷衍嗎？可我的力氣也只夠說出這幾個詞而已。

我不希望害育熙難過。

吃東西嚐不出味道，也感覺不到餓。

為了不讓紅嬸和育熙擔心，用餐時間到我還是會坐在位置上乖乖進食，也就只是進

註40：薄鈍色（うすにびいろ），日本傳統色，比鈍色要淺並偏藍，宛如陰天雲層的灰，是用於喪服與僧服的凶色。

食——或是說吞嚥，而已。

吃不出酸甜苦辣，美味或難吃，新鮮或腐敗，口腔唯一的感受只剩下吞嚥，碰觸到某個東西，用盡嘴巴後段與喉部的力量，將食物擠壓下肚的那種墜落感。然而，吃了再多，體內依然覺得空蕩蕩的，什麼都沒有。

被剝下的似乎不是只有多餘的油彩，而是連蒼白的畫布都被鑿開了，鑿出一個殘破的大洞。

空洞。

我變成一個空洞的人了嗎？不，我並不是一個空洞的人啊。

我還有畫畫，還有美術社。我仍在畫著，不停地畫著。畫畫是我這輩子唯一想做的事，唯一讓我感覺到自己是活著的證明。

——身邊還有學姊的陪伴。

「這是你的參賽作嗎，學弟？」

欣喜回過頭，卻發現她口中的學弟不是我。

「對啊！我第一次畫四開水彩耶！雖然我好像還是喜歡炭筆——」

「黑貓的姿勢掌握的不錯。」

——歐思凱……被學姊讚美了……

我用力擠出顏料，大把大把的白色，塞滿那個洞，防止它愈來愈大、愈來愈大。

她緩緩來到我身後，站在習慣的位置上。

「……就畫這個吧，也沒辦法。」

「現階段，你頂多只能做到這樣吧。」

堆疊、堆疊，黑、灰、白大量堆疊，像垃圾一樣，密密麻麻地堆疊……

眼前的畫布堆滿枯骨，腿上是翻到爛的人體解剖學，失去色彩掌控的我只剩骨骼可以描繪了，因為骨頭沒有其他複雜鮮活的顏色，因為骨頭也是空洞的，因為骨頭是死的。

心裡的畫布填滿了純然的白，像是古代女性為了妝點自己而抹上的白粉。

那是被稱為「鉛白」的白，無論堆疊得再厚實，都有種超脫於世的透明感。

鉛白有毒，在這個世代早已被禁止使用、消失無蹤。

我上癮似地，用蕭瑟的鉛白填補我的空洞，填補所有的一切。

——像垃圾一樣。

⬟

十月的最後一個星期三，社團活動時間。乾燥無雨，恢復了秋高氣爽的天氣。

我拖著自己，來到美術教室。

畫架全被收攏在講臺側邊，美術教室空蕩蕩的，大夥鬧哄哄的。

數十個以畫板袋、或是布、或是黑色塑膠袋裝著的矩形片狀物，被擱置在兩側的置物櫃附近，或依或靠。我愣愣地站在門口，看著大家忙於搬動那些矩形片狀物。

「還在磨蹭什麼？快點把自己的畫拿出來！」

某個學長吆喝道，嘈雜聲絡繹不絕，有些女生撒嬌地發牢騷，有些男生嬉笑地拉拉扯扯。

午後第一堂上課鐘聲響起，大家席地而坐，黑板前無數的宇宙一字展開。

我的畫是唯一只畫了一半的那幅。

不、那進度甚至不到三分之一，就算是不懂畫的人都看得出來。

左右側各走來一位學姊，她們發下A4紙張，要大家往中間傳閱。

拿到紙張時，我的心臟似乎停住了。

那不是空白的紙，當然也不會是什麼說明書。

1XX學年度全國學生美術比賽（高中職）

類組：（　）高中職美術班、（　）高中職普通班（勾選）

「大家先填好基本資料，題目跟作品介紹等鑑賞大會結束再寫就可以了。」

「想先寫好當講稿也行啦……」

「喂喂喂，不要講不知道取什麼名字啊！莊老師明天就會幫大家寄了，別再拖了！」

「不能自己寄嗎？」

「老師寄比較安心呀。」

「莊老師專業的咧。」

「自己寄要付運費跟包材費唷，莊老師寄就是社費出。」

「自己寄說不定哪邊搞錯，不小心就錯過截止日了。」

這是美術比賽的報名表。

「欸，尹心礜，你是不是還沒畫完啊？」歐思凱靠向我，眼睛直盯黑板，「星期五是截止日，你這樣來得及嗎？」

「……星期五？這個星期五嗎？」

「對啊，就是後天，明天的明天。」

不是……還有一個禮拜嗎？這幾天留校時，大家的進度都差不多進展到一半而已啊？

我極力穩住慌亂的眼球，仔細一看，前方擺放的畫作，我毫無印象，和平時身邊畫架上的截然不同，像是初次出現在社辦一樣。

——怎麼回事？

身體在微微顫抖，右手不受控制地探進褲子口袋，碰觸到手機邊緣，我卻沒有拿出它、解鎖它、確認行事曆的勇氣。

當時，隨口問了收件截止日，見我騰不出手紀錄，學姊主動替我填上日期。

難道是我記錯了嗎？雖然最近有點健忘，特別是時間和數字，但這麼重要的事，有可能弄錯嗎？

大家輪流走到臺前，在作品上比劃，口若懸河談著創作理念，臺下觀眾也輪流提問、發表個人意見。

我一個字都聽不進去。

環顧教室，芳郁、徽徽和古依三位學姊站在最後方，專心聽著社員介紹作品。古依學姊身旁擺了一幅包覆著氣泡紙的畫布，尺寸很大，五十號……六十號……還是更大？畫的短邊長度幾乎到她的腰部。

「下一位換誰？還有誰沒講？」

負責主持的小寶學姊問道，圓眼掃視臺下眾人，最後停在我的身上。

——怎麼辦？

我該怎麼辦？

我該怎麼面對未完成的畫？該怎麼用那樣的畫來面對大家？我甚至不知道自己為什麼會畫出那樣的東西……我能說我不知道自己能畫什麼嗎？我能說我因為看不出顏色、調不出顏色，才畫出那種糟糕又可怕的畫嗎？

——像垃圾一樣。

呼吸逐漸急促，我想在名字被喊到前奪門而出，雙腿卻毫無力氣。

「我來吧。」

阻擋在教室中央的社員紛紛挪動臀部，騰出行走空間。高挑的學姊盛氣凌人地走上講臺，芳郁學姊和阿瓶學長替她搬動那件龐大的作品，畫作直接上了講桌，他們兩人充當人型畫架，支撐著那幅畫。

古依學姊俐落地除去包覆畫作的氣泡紙。

第一時間，我完全看不懂那幅極度精細的油畫，只認得學姊的風格——被評為「喪失青春的超齡」。

「我這幅作品，畫的是〈曼荼羅〉。」

此言一出，驚歎聲此起彼落，大家彷彿聽到名字就看懂了這幅畫，明白了學姊想表達、想傳遞的事物似的。

古依學姊微微抬起雅緻的下頷，嘴角勾著淺笑。

「不過，我只參考了曼荼羅的形式，並不打算繪製任何與宗教有關的人事物，也沒有傳遞那些玄之又玄的思維。這幅畫其實很寫實，相信天天在這裡畫畫的你們用心觀看，一定看得出來。」

「是嗎？我什麼都看不出來啊。」

「有點像平面圖……嗎？」

「曼荼羅原意是『壇場』、『道場』，世界各地也有不少參照曼荼羅格局建造的建築，於是，我將這個概念套用到建築平面圖，也就是將平時觀看建築的正面視角向上轉移，各位可以想像自己的雙眼是一架空拍機……」

本想靠著專心聆聽學姊的介紹來緩和呼吸，沒想到隨著她解說，我卻愈來愈頭昏腦脹。意識被她的話語牽引至高空，脫離了軀殼，向下俯瞰——

雙眼不由自主地瞪大，我無法移開視線，只能眨也不眨地緊盯著那幅畫。

「我畫的，正是各位身處的美術教室，也就是我們美術社的社辦。正中間這裡、以及外圍八個外型雷同，唯獨顏色不相同的物件，描繪的正是準備這次學生美展作品的各位……」

古依學姊的聲音變得好遠，我落入了巨大的水池，無法聽清楚她說的每個字句，就連眼前罕見在手舞足蹈的她，都像是投影在螢幕上的人偶。

「……乍看雖然不明顯，但仔細觀察就能發現，實際上我使用了九種不同顏色，混和中性色，用來區別畫作中主要的九個個體……」

我們之間隔著不同時空的汪洋大海，那些只有頂部的畫架與只有頭頂的人像瞬間流淌入海，在我的身邊不受控地流竄、環繞——

「……曼荼羅是一種『中心』，由『中心』發展逐步構成了『宇宙』，也就是說，社辦裡認真、用心作畫的各位，建構了露高美術社這個宇宙……」

無論是學姊這幅鉅作，還是其他人的作品，都像存在於別的時空一樣，朦朧虛幻，現實與夢境交錯，我甚至有種感覺，會不會這近一個月來，每次我踏入社辦，以為自己在努力畫畫的記憶，都只是夢境的一部分？

「……不斷向外看的人，在作夢；不斷向內看的人，清醒著——這是我想表達的〈曼荼羅〉。」

「好猛啊。」

「太強了吧！」

「不愧是社長大人——」

掌聲如雷響起，深奧的主題、貼近的題材、高超的畫技、穩健的台風、懾人的自信，古依學姊終歸是露高美術社無人能敵的絕對王者……

「可是，這幅畫是不是太大了？美展的油畫尺寸限制在五十號以內耶。」

「我不參賽。」

「咦咦？這是我們學生生涯最後的比賽耶，太可惜了吧！」

「這幅作品是我和參界藝廊的約定，在畫展籌備期間，提供藝廊作為宣傳使用，等等放學就會送過去了，應該會擺在入口，讓大家第一眼就能看見。」

「哇！太帥了吧！」

「真的要辦畫展了耶！」

「到時候開幕茶會一定會邀請美術社的大家，還請務必賞光。」

恍恍惚惚地，盯著古依學姊的鉅作，那即將掛在知名藝廊門口的代表作。

學姊說她用了九種顏色，我賣力地看著、用力地看著，睜得眼睛發疼，瞪得眼睛犯疼，但在我眼裡，終究只看得到無色的曼茶羅，工整、精細、鐘錶精緻工藝般地在我身邊不斷流轉，齒輪轉動，千篇一律的機械聲，浩大的漩渦張著血盆大口，將我吞進更幽沉無光的深海。

「學弟，剩你沒講了。」

「你有要講嗎？你那幅還沒畫完吧？」

「……好可怕的畫喔。」

「進度大幅落後耶……顏料乾燥的時間也要估算進去啊，學弟。」

「畫的是人骨嗎？」

原來啊，我並不是置身在繁星點綴、浩瀚無垠的宇宙長河裡，那些耀眼發光的星星都是別人，伴隨我的只是漫天星辰的倒影。

被惡海吞噬的我，永遠不可能與星辰共舞，更不可能躍上夜空，與他們並行。

「你這樣不可能趕得上星期五吧？」

「風格好像跟社長有點像……」

「你才高一，有的是機會，等明年吧。」

「是啊，那個用色……」

「反正你也不差這個獎嘛。」

「雖然應該是畫不完了，不過社上很少開鑑賞大會，要不你還是講講吧？」

我的身體走上了講台，不知道怎麼上去的，或許是被浪潮推高的吧，可我好像又被浪花捲回，仍盤坐在台下，浮沉在幽深的海底。我分不清是誰在說話，悶悶糊糊。他們又是在對著誰說？鼓膜震動。還是其實是我自己在跟自己說話？好多眼睛在看著我，美術社的社員總共是多少人呢？每個人兩隻眼睛，那總共有多少眼睛正注視著我呢？鑑賞大會看的不是作品，或是鑑賞大會鑑賞的是我自己，我就是那幅正被眾人觀看、等待被評價的畫作。

可我沒有顏色，只是一塊鑿空的畫布，為了不被發現空洞，我早用鉛白塞滿胸口。

——像垃圾一樣。

「我……這幅……畫的是……」

有人粗暴地撞開了社辦的門，門板撞上牆面，發出危險的一聲「砰」。

「嘩——真是盛大的集體犯罪現場呢。」

柔細黝黑的長髮飄動，樣貌端莊的纖細少女無預警地闖了進來，她的姿態揚起一陣風，驟起的對流颳得畫紙啪答作響，許多的手高高舉起，急著保護自己的畫作。

寶石般的杏眼堅定中帶著怒氣，皺起的柳眉與輕蔑的笑意並存在那張精緻小臉上。

「為了一己私慾，沉溺於算計他人、欺凌他人的快感中……這就是享譽全國的露草高中美術社的真面目呢——」

她總像一道刺眼的光束，不問任何人的意願，直白地射進幽邃深海裡。

星期三的魔女訕笑著，降臨。

第十章　XVI. The Tower 高塔

美術教室裡裡外外都喧鬧了起來。

「誰啊？」

「一年級的？」

「這裡在吵什麼？」

「美術社怎麼了嗎？」

教室內社員交頭接耳，向曾萁蘦投以警戒的眼神；教室外聚集了其他社團的人，多是跟在曾萁蘦身後來的，有的人臉上帶著困惑，但更多的是一臉興奮，無數的眼珠子骨碌碌打轉，掃視著美術教室的各個角落。

「是……是星期三的魔女！」

歐思凱誇張大叫，又是一陣騷動。

講台旁與古依學姊站在一起的芳郁學姊不悅地動身，正邁開步伐準備走向曾萁蘦，一副要興師問罪的模樣。曾萁蘦不慌不忙從上衣口袋掏出一張摺了兩折的Ａ４紙，搶在學姊出聲前開口。

「這是貴社指導老師親筆簽的委託書，我已獲得她的許可，得以借用今天第六堂課的時間，好好釐清開學以來發生在貴社的各起事件。」

「……莊老師？」

「怎麼可能？給我看！」

芳郁學姊一把搶過曾萁蘳手中的紙張，眼睛隨著紙上文字愈漸瞪大，其他社員也擠到學姊身邊，探頭探腦想一睹所謂的委託書。

「我們美術社有發生什麼嗎？」阿瓶學長笑著問問左右社員。

「沒有吧？」

「大家光趕作品就趕到昏天黑地了……」

「莊老師大概太久沒來社辦，分不清楚現實跟網劇了。」

「——**怪盜杜賓**。」

曾萁蘳輕柔吐出四個字，像在哼唱一首古老的民謠。

原本七嘴八舌的社員，剎那間全安靜了下來。

「美術教室遭竊賊闖入，大肆破壞，並在黑板上留下這個名字——這起事件全校皆知，事發當天現場照片就在各班群組流傳，然而後續貴社卻未採取任何動作，事件關注度很快便被班際籃球賽取代，不到三天已被眾人遺忘。」

杏眼眨動，曾萁蘠亮出手機，螢幕上是早被抹去的花俏塗鴉。

「為什麼貴社遇到這種挑釁意味濃厚的事，卻選擇在短時間內息事寧人？拒絕調查真相？而且全體社員都接受了這樣的處理方式呢……」

黑髮在身後揚起，她緩慢步行到社員席地圍坐的邊際。

「為此可以輕易做出許多的假設，當然最簡單的推測就是——這起事件並未造成美術社任何實質上的損失，說不定還為貴社帶來某方面助益？因此沒有大張旗鼓揭露真相的必要。再者，或許美術社中早有人知道『怪盜杜賓』的真實身分，為了保護那人而禁止談論這起事件。然而無論是何種假設，要達到『全體噤聲』的成效，必定得由社內握有一定權力的人下達指令。」

曾萁蘠並沒有看向位居於下的同級生，她的目光始終停留在窗邊的二年級幹部身上。

「露高社團是全國賽常勝軍，能有這般傲人成績，很大部分得歸功於學長姊輩分制度，直接傳承優良傳統與技藝心法。也因倫理精神分明，作為社團核心的高二幹部，時常比掛名指導的老師擁有更大的主導權。」

確實社團老師的身分更像顧問，就算是每週三固定的社團時間，莊老師也只是簽個名、露臉晃一晃，就回辦公室忙碌了，其他社團應該大同小異，學生早習以為常，更多是享受宛如恩澤的自由時光。

「名義上與實質上都是美術社最高領導者的妳，一旦下達命令，想必社內不會出現任何反對的聲音吧？」

曾萁蘦輕快地說著，我這才發現，她並非看著所有的二年級生，而是只注視著其中一人——

古依學姊闔上鳳眼，彷彿曾萁蘦正說著無聊透頂的笑話。

「怪盜的事，的確是我要大家別再討論的。不過，我不是因為妳那種假設才這麼做。」

「沒錯，社長大人是為了我們美術社著想。」

「全國賽就要到了，真的不該浪費時間管那種搞笑事件。」

「就是啊，作品都畫不完了——」

「把這件事當作某人的行為藝術跟裝置藝術作品沒什麼不好啊。」

幾乎所有社員都一臉認真地點頭，這些共識就與古依學姊那天對我說的一模一樣。

社內事務，倘若大家的意見都相同，那也沒有繼續深究的必要。

——**美術社的人們，都在同一條船上。**

「行為藝術？裝置藝術？」

嘴角勾起奇異的淺笑，曾萁蘦銳眼掃視冒出這句話並附和的社員們。

「這種說法像是你們早認定怪盜就是美術社的一員了呢。」

猶如雀鳥啁啾的細語斷然止息，挾帶寒意的風透過窗縫竄入，室內迎來逐漸跌宕的氣溫。

曾萁蘦絲毫不給人辯解的機會，她兩手一攤，笑語中的嘲諷更濃了。

「如果現在來場矇眼投票，你們會有多少人下意識按照鑰匙借用登記表上的時間與簽名，將票投給案發時最有嫌疑的倒霉鬼呢？」

雀茶色眼眸突然轉向我，口氣溫和許多。

「記得之前，我和你說過的話嗎？」

我虛弱地望著她。

那日，曾萁蘦和我說了很多，即使我百般不願意，她仍舊耐著性子希望我面對。縱使現在的我依然有點恍惚，但不知道為什麼，只要盯著她的身影、聽著她的聲音，我好像就能維持住自己的形體，切實地站在這個熟悉又陌生的空間裡。

「妳說……我……打掃時……怪盜……」

我斷斷續續地用喑啞的聲音說著，雖然緩慢，我盡力試圖組織出完整的句子。眼睛不由自主地瞟向左手邊，那群二年級生身後倚靠的白色置物櫃，那正是曾萁藹曾爬進爬出的櫃體。

「躲在櫃子裡……躲了兩個小時……直到我離開……」

「是的，真正的怪盜杜賓明確知道尹心譽抵達美術教室的時間，也曉得他當天主要任務是打掃儲藏室。」曾萁藹接續了我的說詞詳細補述：「於是，沒有鑰匙的怪盜趁尹心譽在後面儲藏室時進入教室，躲進窗下櫃子裡，待他離開後，才出來破壞，然後從內部開鎖，離開教室。」

「躲在櫃子裡兩小時？」按捺不住的芳郁學姊急切地叫道，「幹嘛這樣？瘋了嗎？」

「如此一來，怪盜便能在不需要填寫借用表、不用承擔暴露身分的風險下，達成他的目的——引導眾人，將『怪盜杜賓』與書面紀錄上唯一在週末進出這裡的人聯想在一起。」

「反正妳說了半天，就是想說那個怪盜要陷害學弟嘛！」

「誰會那麼無聊啊？」

「真可笑，就算妳說的是真的，有證據能證明嗎？」

曾萁藹舉起左手，她手裡握著一只遙控器，我的身後響起一陣沉悶的噪音。投影幕緩緩降下，遮蔽了擺滿畫作的黑板。藏身天花板的藍芽投影機啟動，布幕上瞬間浮現影像。

「居然還去弄這種東西來放……」芳郁學姊咬牙切齒。

那是曾萁蘳曾向我提過的——我一直不願調閱的監視器畫面。

「這是當天大樓門口的監視器影像，對照後就可得知，除了尹心譽外，還有多少人進出大樓，而這之中無法判斷身分、刻意遮掩的人，又有哪幾位出現在事發時段。」

右上角時間跳轉到一點二十五分，畫面顯示了髮色比大部分同學要淺的我，步履輕快地走進大樓。

「尹心譽在一點二十五分抵達，三點三十三分離開，借用表上登記的時間分別是一點二十三分與三點三十七分。大概是週日午後的關係吧？在他來到美術教室期間，門口正好只拍到一名進出者。」

畫面快轉，毫無變動的大樓門口出現一名穿著黃色附帽夾克、戴了口罩的人，他雙手插在外套口袋，大搖大擺地晃過鏡頭，下方時間顯示為一點三十四分。

「這名黃衣人離開的時間是四點四十七分，比尹心譽晚了一個多小時。」曾萁蘳按下暫停，大眼眨也不眨地緊盯學長姊，「這樣的時間夠完成你們所謂的『裝置藝術』了。」

「等一下，這位學妹，」阿瓶學長聳聳肩，一派輕鬆地反問：「監視器只拍大門，又沒拍到美術教室，妳怎能肯定這位黃衣人就是闖進我們社辦的怪盜？」

「至少由此可知，尹心譽並非當天唯一的嫌疑者，而且在櫃子裡躲上兩小時的行為，確實能做到『不需要鑰匙即可進出美術教室』。」

「這樣說不對吧？」阿瓶學長半瞇起鏡片後的雙眼，「社辦的門只能用鑰匙從外部上鎖喔，妳說的怪盜沒有鑰匙，那他要怎麼鎖門咧？」

「沒錯！」芳郁學姊拚命點頭，「星期一開門時門是鎖的！我們都可以作證——」

「——就算怪盜無法鎖門，但營造出『門上鎖』的印象也不是什麼難事，只要下一位負責開門的人做做樣子，撒個小謊就好了。」曾萁蘤拉高語調，再次凝視著我：「記得嗎？我和你說過，這起事件裡，至少有兩個人說了謊。」

我們彷彿回到那日傍晚，只有我與她逗留的美術教室，繼續了未完成的故事。

「其中一位，自然就是怪盜本人。而另一位，則是週一借了鑰匙、負責開門的人，他們兩人，無論是事先談好或是事後掩護，都顯然是共犯關係。」

曾萁蘤撥撥落在胸前的髮絲，露出嫩白的耳朵，她咬字清晰地說著。

「古依社長，那天傍晚，妳在這裡親口告訴我：『門是鎖好的』，對吧？」

無數的視線從曾萁蘤與我身上轉向古依學姊，身邊圍繞著二年級幹部的她，雙臂環胸，臉上淡漠得近無表情，她事不關己地聽著。

「現在在這麼多同學前，請妳再次回答我——星期一中午，這間教室的門，真的是鎖著的嗎？」

「喂！妳——」

阿瓶學長和小寶學姊正要發難，芳郁學姊激動的情緒頓時壓過了他們。

「妳要玩偵探遊戲揪犯人，那妳抓怪盜就好了！幹嘛質問我們社長？」

「學妹也不知道怪盜的身分吧？」張椋學長幽幽地說，「想紅的話，跟我說聲，我可以幫妳出本……」

「我當然知道怪盜的身分。」

螢幕上的影片變成凌亂的教室，曾萁蘳刻意放大被毀壞的蟠龍柱水彩。

「妳不會要說棣堂是怪盜吧？」阿瓶學長冷笑，「很遺憾，他那天去做苦工，幫阿椋搬印好的同人本了，將近一萬本吧？兩天就賣完了呢。」

「是第一天就完售了，」張椋學長打了個哈欠，「這就叫……不在場證明？」

「既然楊棣堂不在現場，那這幅畫是誰畫的呢？」

「不就是棣堂星期四來畫的嗎——」

「尹心譽到美術教室時，這幅畫的狀態與擺放位置，和沒倒掉的洗筆水是為了營造出作畫者只是暫時離開的情境，而他和各位一樣，一看見畫上是廟宇，便認為是楊棣堂的作品。」

我想起曾萁蘦說的，社裡有兩名說謊者，還有一位立場未定的人……

「楊棣堂，這幅被破壞的水彩是你畫的嗎？」

伴隨曾萁蘦的提問，我緩緩看向右手邊，棣堂學長是唯一沒和幹部站在一起的二年級，他獨占另一側的櫃子，濃眉在印堂擠出一道直紋。怪盜事件後，本就沉默寡言的他，好像完全不對社務發表意見了。

——他是不是知道些什麼？他會願意說出來嗎？

不管曾萁蘦看透多少真相，我很明白所謂物證寥寥無幾，任憑她說的多麼義憤填膺、多麼理直氣壯，沒有實證的推論只會被當作臆測和腦補，除非……

「……有人，模仿了我的畫？」

幾道目光氣憤地瞪著棣堂學長，而他短短的發言，或是證明曾萁蘦的推測，也或是想與「共犯」一詞切割，學長背後的動機是什麼之於我已不重要，不過，也終讓浮沉在迷茫大海中的我，踩著了地面，安穩了下來。

「妳繼續說吧。」棣堂學長揪緊眉頭，並向教室另一側回以警戒與怒意。

「貴社的二年級應該很清楚，一年級生也在社遊見證過，」曾萁蘦輕捏下巴徐徐說道，「美術社存在一位對仿畫富有興趣，甚至是天分的社員。」

黴黴學姊是頭一個對這番話起了反應的人，她似是大夢初醒，眼眸惶恐地瞟向身旁高瘦的阿瓶學長。

「幹、幹嘛？這樣看我是什麼意思？」

「你說對藝術品修復有興趣……有興趣到想認識我爸……」

「有沒有興趣是我的事——」

「新生的挑戰信……你也堅持要親筆模仿畢卡索……」

「這種事哪能當證明——」

「想要明確的證據嗎？」

曾萁蘦的手裡閃爍，小巧的透明夾鏈袋反射著光線，裡頭裝了數枚破碎的紙張，她是什麼時候保存了那些東西？

「這些是那幅水彩畫的部分殘骸，假設報案了，你們願意協助提供指紋，與紙張上的指紋做比對嗎？」

「學妹！妳這樣太過分了！」

「還真把我們當犯人啊？」

此番提議一出口，全場譁然，不單是社內眾人不滿，就連在門邊圍觀的群眾都詫異地竊竊私議。

「你們不斷要求提出證據，其實取得有效物證的方式很多，但這有個核心問題，那就是——你們願意配合嗎？一旦走上這條路，這些事件就不再是封閉校園裡的小騷動，而是教職員、家長、教育局，甚至是警方必須介入的案件了。」

曾萁蘿伸展白皙的頸項，原以為她會揚起勝利的笑靨，沒想到她的表情卻黯淡下來，縱使眉宇間的正義感依舊，自信的嗓音竟有些啞然。

「你們——露草高中美術社——願意協助調查嗎？」

「不准錄影！不准直播！不准拍限時！手機都放下——」

芳郁學姊正要衝向門前阻止高舉手機的圍觀者，古依學姊卻拉住她的衣角，制止她的衝動。

在這種情況下，仍能處之泰然的學姊令我困惑，在曾萁蘿直指她說謊時，她也看都不看曾萁蘿一眼，彷彿這位學妹說的是別人，是個剛好與自己同名同姓的人。那股從容與鎮定不尋常到像是一尊無生命的石膏像，永遠保持著潔白與冰冷。

「知道了！我知道了啦！」

阿瓶學長突然大聲嚷嚷，他裝模作樣地撥弄瀏海，一邊扭轉肩頸，一邊走出幹部隊伍，粗框眼鏡後的長臉充滿不耐。

「對啦、對啦！我，汪瓶習，就是怪盜杜賓！這樣你們滿意了吧？」

阿瓶學長豎起大拇指指著自己，看似爽快地承認了，更斜睨了我一眼。我不知道該以什麼樣的表情回應他，只是繼續呆站在原地。

「不過啊，所有的事情都是我一個人計畫、是我一個人幹的！和棣堂無關，和古依更沒關係，她純粹為了維護我們美術社所有人，不希望再發生什麼麻煩事，才會自作主張替我撒了那種謊——」

「陷害尹心譽，也是你一個人的意思嗎？」

「是啊、是啊，我就是看不爽這個學弟，一入社就一副扮豬吃老虎、裝得傻乎乎的樣子，也不看看自己從小拿過多少比賽大獎，在我們圈子多有名，入社後成天跟在我們屁股後鞠躬哈腰，左一句學長、右一句學姊，一副自己畫得好爛、好差、多沒天分似的，我這輩子最討厭的就是這種人——」

……什麼意思？

耳邊嗡嗡作響。

我在大家眼中……是那種模樣嗎？從一開始到現在，就都是那種模樣嗎？

我無法穩住視線焦點，眼睛又不受控地顫抖。

是只有阿瓶學長這樣看我，還是所有人都這樣看我？

「真難看。」曾萁蘦沉聲喃喃，「你的演技是看八點檔學的嗎？刻意誇張演繹心態崩潰……是想情緒勒索？還是想隱瞞什麼呢？」

阿瓶學長不再說話，也停下了狂妄的肢體動作。

「即便你想攬下所有的惡行，也是徒勞無功。」

「妳到底想怎樣——」

「畢竟，你們了不起的社長可是毫不隱藏她的惡意，或是說，她的惡意早已完全融入言行舉止之中了？」

曾萁蘦再次拉高音量，色調轉黃的日光照了進來，正巧落在她纖長端正的身姿上，她不再掩蓋渾身發散的氣焰，神態凜然地向我問道：「尹心譽，全國學生美術比賽的截止日是哪一天？」

我無法直視散發光芒的她，也沒有勇氣告訴她行事曆上的紀錄。

「你的青梅竹馬跟我說，你手機裡的截止日是別人輸入的，兩週前她關心你還有多少時間可以準備時，你回答還有三個禮拜。」

——青梅竹馬？育熙她……找過曾萁蘦？

「但是，美術社今天舉辦了寄件前例行的鑑賞大會，很顯然，所有社員都知道這週五就是截止日。」

發冷卻濕溽的雙手緊緊掐著褲管，揉捏，耳邊的嗡嗡聲一路爬進腦子。

是，只有我不知道今天是鑑賞會，只有我的作品離完成還有好遠的距離。只有我一個人，以為還有一週的時間能夠畫參賽作。

「社長，妳為什麼要在尹心譽的手機裡輸入錯誤的日期呢？」

是啊……為什麼呢？

為什麼我最尊敬的、最崇拜的、影響我最深的學姊……要這麼做？

失神的我想在昏暗中找到那輪晃漾著白光的明月，可我看不清楚了。

「是嗎……」背對著窗戶，立於陰影的她微微側頭，輕柔地嘆道：「我輸入錯了嗎？」

我渾身發涼。

那股寒意不是在背脊上攀爬，而是從胸口深處汩汩滲出——像冰涼的血。

我恐怕，從未真正瞭解古依學姊。

「古依的數字敏感度本來就很差……」

「嗯嗯，我們都可以作證，她數學很爛喔。」

「手殘打錯日期也很正常呀，有誰這輩子都沒打錯過嗎？」

「除了畫畫以外，古依日常生活也有點傻乎乎的。」

「天才總有些異於常人的地方嘛。」

「搞錯日期能證明什麼？學弟本就該自己留意截止日啊！」

「比賽前要自己到官網讀簡章，多番確認吧？」

細語不絕於耳，我已經不在乎那些是真話還是辯解了。

此時的古依學姊正用那雙典雅的鳳眼目不轉睛地看著我。

記憶裡的學姊很少直視我的眼睛，她總望著我的畫、我的習作，指出我所有的錯誤與醜陋，而我深信，那對眼眸是望著我看不見的遙遠未來與真理。

「尹心譽，留校備賽期間，你是不是察覺到某些和預期不太一樣的地方？」

曾萁藶的提問將我拉回現實，我試著回想這些日子社辦裡的景象。

高二高一社員不過五十多人，教室雖然勉強能擠下所有人、作品與用具，不過由於社員選用的媒材很多樣，參與的組別也不同，像國畫組、版畫組的社員多會改去書法教室或索性回家繪製。比較讓我意外的是，原來跑去校外畫室的人其實不少……

「這段時間，每天放學留校的社員平均是多少人呢？」

「大……大概……十、十……人……左右嗎？」

「都是哪些人呢？」

「我、我不知道……」

投影幕再次閃爍，我回過頭，一張張照片浮現。

照片場景是個陌生、寬闊的畫室，但照片中的人都有熟悉的面孔。莊老師的身影偶爾穿梭其中，此外還有位和她長相氣質都頗相似的中年男子。

「這些照片取自校外某間畫室 Facebook 粉絲專頁，這間畫室同時也是市內頗有名氣的術科補習班，負責人兼王牌教師正是貴社指導莊老師的丈夫，也是曾獲頒本市傑出獎章的知名畫家，作育無數英才。請仔細看，裡面拍到的畫作是不是鑑賞會上都看過了呢？」

草稿、上色途中、準備精修的半完成品……照片主角雖是畫室，畫架上有點模糊的作品竟如此眼熟，我愣然望著那些色塊，沒想到連歐思凱都去了那裡，甚至還有張他認真接受師丈指導的特寫照。

我不由得後退，講桌剛好支撐了我，防止我跌落。

歐思凱的畫不是那幅被古依學姊稱讚過的黑貓水彩，而是他的參賽作——紙箱裡的母貓與一窩初生小貓。

「貴社的參賽作顯然都不在美術教室繪製——尹心譽未完成的那幅是唯一例外。」

投影機熄滅，投影幕伴隨低噪緩慢收向天花板，那些色彩斑斕的畫作本尊嘲諷地映入我的眼簾。

「為什麼你們不在社辦畫畫呢？為什麼每天放學後，連同尹心譽在內，只有約莫十名社員留校畫畫？為什麼除了尹心譽，社員們在校畫的作品和實際參賽作都不相同呢？」

在展示過畫室側拍後，所有人都沉默了。

「因為啊，美術社全體必須這麼做，才能讓只在教室與家裡畫畫的尹心譽，深深相信比賽截止日是下週，他也才不會懷疑社長替他輸入的日期——這都是為了讓他參加不了這次的全國賽。」

我無法回頭，無法面對窗邊的學長姊，也無法看向坐在地上的其他社員，我只能一直盯著黑板上的畫作，盯著我那張畫不到一半的鉛白枯骨。

「即便一年級生不清楚原因，但只要學長姊下了指令，再用『能接受本市優秀畫家兼名師指導』或是『能免費使用更大更新的畫室』等作為誘因，相信不會有人拒絕的。」

「很有意思，妳的……猜測，非常有意思。」

學姊的聲音聽不出任何情緒。

「妳認為我們美術社搞出一名怪盜、破壞了社辦、還有集體到外面畫室畫畫……做這麼多麻煩事，只是要阻止一位小學弟比賽？真異想天開，有這種想像力不加入美術社還真可惜。」

「不止這些，剛開學時，妳也默許了三年級學姊藉由『錢仙之名』靈異遊戲，讓她騙取尹心譽的錢財，造成他精神上的壓力；以及社遊時，得知尹心譽受傷後，刻意將集合地點改到館內，操弄他對美術社的情感；在他碰巧畫出與名家相似的作品時，加深抄襲剽竊的標籤——這些行徑都是針對他而有意為之的。」

「什、什麼東西啊？妳到底在說什麼啊？古依……我們幹嘛要這麼無聊針對學弟……」芳郁學姊還想辯解卻支吾其詞。

「汪瓶習不是已經坦承了嗎？」曾萁蘦幽聲說著，「尹心譽懷抱天真的崇拜與欽慕仰望著你們，那股無視自身才能與名利、發自內心的憧憬，在被嫉妒心占據的你們眼中，全是羞辱似的惺惺作態。無論你們是否意識到、是否承認——美術社的人多少都恐懼著他的才能。」

——我的……才能？

我是有才能的人嗎？不……入社以來總被學姊責備的我，連夢想都小家子氣，目光短淺的我，是擁有才能的人？

「你們忌憚他的畫技、嫉妒他的名氣與才華，你們愚蠢的黑暗凝結成團，在心裡養出了肥大壯碩的邪惡怪物。」

明明熠熠生光的是大家……是早就擁有未來的學長姊啊？

「那天，妳警告我不得插手時，我就察覺到了。」說了許多話的曾萁蘬，聲音有些蒼啞，「我應該……再早一點介入才對。」

「我看妳是完全不明白吧。」古依學姊平靜地說，「我是即將在藝術界正式出道的人，我對自己的能力和眼光都很有自信，當然，我知道學弟在學生美術圈很有名，也比妳清楚評審私下是如何稱讚他的作品的。」

空氣中飄著顏料的氣味，難聞的化學味道，與學姊的嗓音混雜在一起，令人窒息。

「只是吶，學弟他缺乏一名老師，現在的他是尚未雕琢的原石，需要好的老師帶領他，才能打磨成美麗的寶石，我就是看見他的發展性，才會那麼嚴格地訓練他——」

「妳的訓練卻害他喪失了原本最閃耀的特色，妳消弭了他令人驚豔的色彩天賦。」

——**好強烈又美麗的顏色啊！**

「學妹，妳懂藝術嗎？」她的口氣裡出現了我未曾聽聞的輕蔑與訕笑，「基本功不紮實、技巧拙劣的人不可能變成成功的藝術家。在我開始訓練他時，我也說得很清楚，要他自己做選擇：想成為偉大的藝術家呢？還是隨便畫些漂亮的圖，接受普通人的讚美就夠了呢？」

——**多麼奔放的流動性筆觸！多麼具衝擊性的層次！**

「學弟他啊，想成為偉大的藝術家喔。我也將這條殘酷之道上會遇見的痛苦都告訴他了，他是明知道，還自願踏上旅途的。」

「哈哈哈哈——還真敢說啊，妳究竟是把自己的所作所為都扭曲成歪理？還是真心相信妳灌輸的一切是世界真理呀？」

曾經，我以為曾萁蘳和學姊分別是獵豹與獅子，在大自然中憑本能廝殺。

但現在，我覺得她們都不是了。

「古依，任誰都看得出來，妳的所作所為就是在虐待他、在抑制他成長，將他塞進妳精心準備的箱子裡，塑造成妳要的模樣，讓他放棄自己的優點，在妳可恨的指導下……喔，那根本不能算是指導吧？妳只是不斷攻擊他、貶低他，使他自我價值感低落又無法離開妳……然後扭曲成『低配版古依』這種複製品。」

我緩緩回頭，看著沐浴在陽光下的曾萁蘳。

言語是利劍，思緒是彈藥，她威風凜凜站在美術社全體之中，毫無畏懼，劍拔弩張。

「妳所有惡劣的霸凌，都是為了防止他變成妳畏懼的模樣，進而威脅到妳，使身為王者的妳跌落神壇，揭露自己根本不是受神眷顧的天才畫家！」

黑暗籠罩的古依學姊瞋目怒視著曾萁蘳，蒼白的薄唇隱隱顫動。

「真惡毒的指控，我所做的一切都是為了我們社團，妳卻汙衊我在霸凌？妳有辦法證明嗎？證明我就是妳說的那種罪無可赦的惡人？」

「縱使針對心靈的惡行難以證明……」

曾萁蘬抬起右手，蔥白的指尖直指我筆下的枯骨，像垃圾一樣堆疊的慘白人骨。

「尹心譽的這幅畫，不就是再明顯不過的證明嗎？你們仔細看——這幅畫難道不像你們社長的作品？再現了什麼『喪失青春的超齡』嗎？」

曾萁蘬輕盈地轉向，指尖筆直地指著擱置在幹部身後那幅巨大的〈曼荼羅〉。

「還有這幅貴社社長的大作——不正是你們一起創造的明確罪證嗎？」

門邊響起細碎的低聲悄語，沉悶無聲的美術社加倍突顯圍觀者的躁動。

「在妳和其他社員指責他人作品不是百分之百原創時，妳檢視過自己的作品嗎？『**不斷向外看的人，在作夢；不斷向內看的人，清醒著。**』這句話取自心理學家榮格的名言，而妳的畫作沒有佛寺的沙塔曼荼羅嚴謹與原則，說白了，不過是這間教室的平面圖寫生罷了。長久以來妳總使用中性色畫畫，不是想掩蓋不擅使用色彩的弱點嗎？而這偏偏是尹心譽最擅長的。」

近晚的微風吹進室內，及腰長髮隨之飄動，屹立於無數目光中的她看起來異常高大。

「妳知道使用彩色細沙繪製的曼荼羅，在完成的瞬間就會毀去嗎？也許妳應該毀掉這幅畫，象徵一切如夢幻泡影，那才稱得上是『曼荼羅』呢。說不定這幅利用霸凌遊戲創造出的畫，就能像班克西（註41）的〈氣球女孩〉那樣聲名大噪，妳的身價也能水漲船高喔？」

曾萁蘤笑了，是我曾在這裡見過一次，令人膽戰心驚的魔性笑容。

「為了這幅〈曼荼羅〉，妳每天安排八名社員輪流在此作畫，妳說這是為美術社而畫的，但是畫面正中央、位於中心的唯一一人，不正是妳自己嗎？可是實際上被畫架包圍的，不是只有妳一人啊。」

即使身邊的社員來來去去，教室中間兩只畫架總保留給學姊和我，我一直以為那是大家心照不宣的習慣，從沒想過，這可能是一種設計。

「為什麼妳的〈曼荼羅〉只畫九個人、只用了九種顏色？明明存在的第十人為什麼不在裡面呢？為什麼……唯獨排除了尹心譽呢？妳如果真心想培養後輩、真的看重他的才華與發展，那不是更應該寫實地，畫下和妳同坐在教室中間的他嗎？」

註41：Banksy，著名英國塗鴉藝術家，身份成謎，曾在蘇富比藝術拍賣會「自行銷毀」價值四千萬臺幣的作品《氣球女孩》（Girl With Balloon）。作品經常帶有諷刺性，富有濃厚政治風格。

雀茶色的杏眼圓睜，長髮飛舞的她像施了某種令人無法移開雙眼的魔法，她仰起線條優美精緻的頸項，睥睨著不發一語的社長。

「妳說，這幅畫是在描繪露高美術社這個宇宙的構成對吧？」

古依學姊鬆開了防禦似的雙臂，修長的雙手在身側緊攥成拳頭。

「世界，不是繞著妳一個人轉動的——這句話我就原封不動地還給妳了。」

她慢慢鬆開了拳頭，蒼白面容上的怒意瞬間消散，她如往常一樣冷峻地傲視眾人。

「魔女假扮的偵探也不過如此。」古依凜冽地說，「拿不出證據，也只能號召無關人士圍觀，得意洋洋大放厥詞，妳也是藉由貶低我們美術社來捧紅妳自己，以為能變成露高的名偵探——」

「不，我不是偵探，更不想當什麼名偵探，我不想成為受害者都死了，才高談闊論著推理的人。」曾萁藹搖了搖頭，她收起笑意，有些沮喪地說：「我的自我滿足只建立在阻止妳們的惡行、揭發妳們的惡意上……必須在無辜的受害者被推進深淵前行動才有意義。」

「瘋女人。」

古依學姊啞聲沉吟，她宣告對話結束似地俐落轉身，取下櫃子上的包材，開始打包〈曼荼羅〉。阿瓶學長上前協助她，其他社員都像斷電似怔怔待在原地不動。

阿瓶學長單憑一己之力扛起包裹好的〈曼荼羅〉，兩人就在眾目睽睽下走向門口。

「我很遺憾，妳對我、對我們美術社的誤會實在太深了。」經過曾萁蘦身邊時，她意味深長地嘆道：「我如果真的畏懼尹心譽身上的一些什麼，也只有他會害我想起畫了那隻喜鵲的人罷了。」

門前圍觀的同學慌張讓出通道，兩枚瘦長身影就這樣帶著大型畫作離開了。

事件落幕了。

頭部隱隱作痛，我小心扶著講桌，想趁大家都在目送學姊離去時，一聲不響地走下講台。然而，一群烏壓壓的人突地簇擁向前，將我團團圍住。

「學弟，抱歉……」

「請不要討厭社長，她只是太完美主義而已。」

「古依也是背負了很大的壓力，畢竟我們美術社經不起再一次打擊了，所以大家也就跟著……」

「尹心譽對不起，希望你不要介意，我們絕對不是有意瞞你的……」

「社長應該是準備展覽壓力太大——」

「你還記得嗎？畢卡索展那次，大家都很擔心你呀。」

「阿瓶這個人也就是愛搞怪，這次是有點太過火啦……」

美術社的大家圍繞在我身邊，你一言我一語著急地說著，無論是道歉、坦白，抑或是為提早離場的兩人說話，大家臉上都掛著發自內心的擔憂，眼裡都閃爍著源於肺腑的歉意。

至少在我看來，就是如此。

即便發生了這麼多事，曲終的這一刻，社裡洋溢的情感還是如記憶裡那般溫暖，就跟我扭傷腳的那天一模一樣。

「心譽學弟，我們以後絕對會真誠待人，美術社裡絕對不會再有任何欺瞞……」

圓臉的小寶學姊擠到我的面前，溫熱的掌心緊緊地握住我的雙手。

「希望你不會對美術社失望……有任何心事，絕對、絕對都要跟我們說喔，大家都要好好溝通，千萬不要憋在心裡，一個人胡思亂想……」

我想起〈拿著煙斗的男孩〉，明信片背面簽滿了現在聚集於眼前所有人的簽名。

也許，就跟漾璟學姊的情況一樣吧，在複雜繁瑣的煩心事背後，每個人都有著他們選擇傷害他人的原因吧。那些選擇與行為中，必定深埋著令大家悲傷痛苦的事物。

也許，古依學姊就像曾萁藹說的是基於嫉妒與恐懼，才對我做出了那些不舒服的行為，在某些人眼裡，她是惡意傷害我的心靈，但是，學姊內心不也是千瘡百孔的嗎？

——我還是想要再次相信大家。

畢竟，加入露草高中美術社是那樣渺小的我第一次擁有的夢想。

——我想要原諒大家。

「心譽，你不會離開我們的吧？一起畫畫是很開心的事啊。」

「學弟不原諒我們也沒關係，我們保證，從今以後露高美術社不存在任何謊言！」

「所有事情都據實以告！」

滿室的笑容，就像畢卡索塗滿的玫瑰色，和煦而幸福。

雖然仍有些昏沉，我還是擠出微笑。微笑成了一種信號，突然間，好多人抱住了我。

「請你一定要來我們學校，加入私立露草高級中學美術社！」

——我果然，還是很喜歡這裡啊……很喜歡美術社。

彷彿親眼看見了閃耀著空色光彩的晶亮眼眸，恍如夢寐，疲累卻又幸福的我忍不住喃喃：「美術社以前……是不是有一位年輕的男性指導老師？」

一直緊握著我雙手的手掌鬆了開來，環抱住我的社員們遽然停下動作。

「我記得，他長得有點像那本空色畫集裡的……」

熱情圍繞我的人們突然都退後了好幾步，冰冷的緘默瞬間又將我推進光線照射不到的深海。

——所有的黑暗面、所有的算計、所有的惡意，背後都有著難以傾訴的苦衷，不是嗎？

「那個……學弟，雖然我們說好要敞開心扉、真誠相待，但是呢，有些事情……」

——難道不是這樣嗎？

——不是這樣的嗎？

「夠了！」

混亂中，一隻手穿過了即將吞噬我的漆黑泥濘，強硬地箝住我的右手。

「尹心譽！你不用待在這種地方——也可以畫畫！」

她拉著我越過重重人牆，快步衝出教室。

穿梭在擠得水洩不通的走廊上，步履雜沓，然後，頭也不回地拾階而下。

⬟

陽光曖曖的星期三傍晚，我遠離了期待了一輩子的美術社。

逃離了我夢想了一輩子、渴望了一輩子的「家」。

我與她，又再次在上課時間倉皇奔走，無視旁人的目光、忽略師長的關切，就像西洋古老故事裡不顧家族仇恨、不理末日詛咒般，打定主意私奔到天涯海角的戀人。

一路上，夕陽緊緊環繞著她，猶如披掛在她身上的羽衣，我好怕她會突然鬆開手，拋下我，獨自飛向霞光暈染的天空。

此刻，我才赫然發現——自己其實分不清傍晚和破曉的色彩。

多彩是一樣的，奪目也是一樣的，因為它們同樣源於主導晝夜轉換的太陽。

我呆呆地望著神色堅毅的美麗側臉。

她或許不僅僅是一名染上了夕色的少女，而是這世上，真正照耀我、環抱我，任性、古怪、無所畏懼，卻無比溫暖的太陽。

曾萁蘙牢牢牽著我的手，髮梢甜美的花香與久違的新鮮空氣一齊湧入鼻間。

我像個初生的嬰兒，無法遏止地放聲大哭。

《褪色的我與染上夕色的妳：九色曼荼羅遊戲》完

課間：星星的逆位

黃育熙來到一年信班門前。

第五堂課鐘聲尚未響起，信班教室已經空蕩蕩了。

她緊揪著衣領，彷彿這麼做就能掐住心臟，不讓它那麼難受。

每個月第三個星期三下午三點的下課時間，只要隻身一人……

——傳聞是這麼說的，但是，今天是第三個星期三嗎？

黃育熙已經想不了那麼多了。

她深深地吸了口氣，敲響門板後，推開後門。

窗邊，一名黑髮少女坐在課桌上，捧著一本有著獨角獸色彩封皮的書籍專注讀著，她的大腿上、臀部旁，擱置了另外兩本敞開的厚書，窗檯堆著一疊高高的書塔。

黃育熙慢慢走近她。

「還不到下午三點。」

曾萁蘦沒有抬頭，悅耳的嗓音輕聲提醒。

「我知道……可是，我怕再不去的話，就來不及了……」

黃育熙不知該從何說起，要說自己抽到了可怕的牌組嗎？還是要吐露昨晚心血來潮，搜尋了全國學生美術比賽的簡章，發現難以啟齒的真相？

她本想傳訊息給紅嬸，也想過親自關心他，但是，自從為尹心譽出了那個糟糕的點子後，黃育熙就不知道怎麼面對他了。

從那之後，尹心譽的情況一蹶不振，整個人像褪色了一樣萎靡。

「妳是愛班的塔羅師，尹心譽的青梅竹馬。」

黃育熙沒有心情問她是怎麼知道的，也許之前尹心譽委託她時曾經提過自己吧。

「我……覺得美術社的人在霸凌他。」領結上的手下意識地更用力了。

幾次，黃育熙想透過塔羅牌，運用神秘力量來說服尹心譽離開美術社，但一看到他那既痛苦卻又幸福的笑容，黃育熙就退縮了。

——再這樣下去他會壞掉的。

「美術社的人會以沒有物證來反駁一切。」

「採集他們的指紋呢？不是有張畫被破壞了嗎？還有翻倒的畫架……」

「真要這麼做，也該在事發後立刻報案，只是就算如此，毀損品上殘留的指紋大概也難以辨識，再說也不太可能採集全體社員的指紋，必須鎖定對象後才能——」

「——就是美術社的人啊！尤其是那個社長——她絕對、絕對有問題啊！他們就是在欺負心譽！難道……沒有證據就不能制裁他們嗎？難道他們傷害的是別人的內心，不會留下肉眼可見的傷疤，就能無視他們的行為嗎？」

她吶喊著，冷清的教室迴響著她的控訴，帶著鼻音。

「——我不會無視他們的惡行。」

曾萁蘦一一闔上正在閱讀的三本書，澄澈的眼眸望向窗外。

「只是，我恐怕也無法讓那些施暴者付出相應代價，我能做的，只有試著將他拉出那灘爛泥，讓那些人停止惡劣行徑。」

長長的睫毛垂了下來，曾萁蘦柔聲說著。

「不過，不管是家庭、校園、甚至是職場……這種事不會有真正止息的一天吧。」

「為什麼……為什麼像心譽這樣善良的大傻瓜反而會遇到這種事……太不公平了……他是那麼喜歡美術社……那麼崇拜那個學姊……」

黃育熙好想哭，可是她哭不出來，她不知道心裡究竟是悲傷比較多，還是憤恨比較多。

「心譽媽媽在生他時過世了……爸爸那邊除了給錢外，根本當他不存在……他……我知道……他很想要有一個家……可是那些人居然這樣對他……」

本來她也深信，加入美術社的心譽，這次一定能得到幸福。

曾萁蘦平靜地看向黃育熙，百褶裙飄起，她靈巧地跳至地面。

「我看過他的畫，雖然只有一幅，而且他很不滿意，但是那幅畫畫得真好——他的才華應該令美術社的人感受到威脅吧。」

她都懂的，她第一眼看見尹心譽就懂了。

正因為尹心譽有著那樣潔淨純白的善良靈魂，她才會從眾多的說明書中，遞出了那張什麼都沒有的白紙。

「以及他無意間發現的空色畫集，大概誤觸到美術社的逆鱗吧，而他還興奮到想公諸於世，美術社幹部就更能以守護社團名譽為由說服自己，為所有霸凌行為戴上冠冕堂皇的謊言。」

——美術社不能說的禁忌會是什麼？

這是曾萁蘦目前唯一想不透的。

——和那名曾經的男性指導老師有關嗎？

「我接下妳的委託。」

一張A4紙晃過黃育熙眼前，新細明體印著一段字，最下方簽了美術社指導老師的名字與紅色的蓋印，黃育熙看了好一陣子，終於意識到那似乎代表曾萁蘦取得介入與調查的許可。

「就算妳沒來找我，我也準備這麼做了。」

曾萁蕾將護身符似的委託書摺疊好，收進胸前口袋，甩著黑髮大步走出教室。

象徵週三社團活動時間開始的鐘聲悠然響起，操場傳來同儕歡欣鼓舞的叫喊。

黃育熙鬆開手，胸口的沉重卻未得到釋放。

明明星期三的魔女都說她不會坐視不管了，但心裡那份難受卻更加苦澀了。

——什麼繆思女神嘛。

才華洋溢的他就算需要繆思的陪伴，那名女神也絕對不是什麼都辦不到、什麼都做不好、一點勇氣都沒有，只會亂發脾氣、大呼小叫、凡事都推給塔羅牌的自己。

黃育熙深切地明白了。

能夠拯救尹心譽的人，只有這名被眾人喚為「魔女」的奇異少女。

只有魔女能在懸崖邊，神色從容地拉住凝視著深淵的尹心譽，也只有魔女能在尹心譽墜落深淵時，義無反顧地接住他。

「什麼女祭司、什麼黑暗的魔女嘛……」

她攫住離開班上前抽中的大阿爾克那，唯一塞進口袋的那一張塔羅牌，用力地握著，使勁地掐捏。

「分明就是連黑暗都掩蓋不了、刺眼到無法直視的……」

XIX. The Sun。

後記

後記想寫的東西實在太多了，比如審美、才能、導師、藝術家、社團等等，為避免後記變成作者自說自話的小論文，還是來聊和《褪色與夕色》誕生有關的事吧。

曾聽過這樣的說法：作者想寫的內容，常常是讀者沒興趣的，反而作者不想寫的，讀者卻意外地喜歡。若套用到本作上的話，大概是——讀者以為是虛構的部分，反而是真實發生過的事。

究竟所謂的親身經歷，經解構、內化、反芻、重組後，哪些體現了真實、又有哪些純屬虛構？恐怕一切已難分難解。最初，原名為《委託前請詳閱十分鐘說明書》的本作，僅是為嘗試日常推理而寫，雛形誕於二〇二〇年農曆新年前夕，真正有了完整的設定大綱，是在兩年後某個失眠的秋夜。

距離上一本商業小說出版，已經隔了兩千九百多天了。

有些老讀者可能曉得，這些年我的重心移往「藝術行政」這包山包海的領域，學生時期開始寫作時，許多前輩師長總說，有了社會歷練、工作經驗、年歲漸長，便能獲得更多創作的養分，小時候總有些不以為然，如今深刻覺得此言不假。

「**世界，不是繞著妳一個人轉動的**」，在稍縱即逝的十多年裡，曾有人這樣跟我說。究竟在爭執什麼已經想不起來了，只記得看到這行話時，本來痛哭的我破涕為笑，所有昏暗混亂瞬間煙消雲散，接著，我封鎖了對方。

我並不否定古依對心響幾近心靈控制的嚴厲，或許對他帶來某方面的助益，但作為近距離目擊者，我相信世上存在危險度更低的成長之道。在工作場合，時常能看到各式各樣被稱為「天才」或是「神童」的人們，也許是基準點不同，也許是藝術類型不同，作為一名旁觀者甚至輔助者，我會著急著時間的不夠，著急著我的輔助對象像隻無頭蒼蠅漫無目的，偏偏他（們）又渴求名利、希望得到更多的肯定，自己卻無所適從，那樣的渴望宛如音樂廳裡轟炸著過大的音壓，毫不留情地壓向輔助者。

當過助理、藝術行政或是幕後人員多少都會體悟到——過於親近的我們總是燃燒著自己的愛，以服務鎂光燈下的藝術家，而現實往往輕易地將一切燃燒殆盡。

最終，都有著自戀型人格傾向的雙方，基於理想與名利兩種截然不同的方向分道揚鑣。當他說出那句話時，我終於看見他將自身缺憾映照到我身上，但我清晰地明白自己所做一切並非為了成就自己，卻沒意識到那句話成了一道詛咒，導致我將近五年無法寫任何的小說，只要一提筆、一打開檔案，就會產生恐慌症狀。

直到二〇二二，那個失眠的秋夜。

《褪色與夕色》創作期間，同時在角角者連載，在時限壓力下，除了部分故事走向大綱與角色設定外，大多數謎團與題材選用都是短短幾日，甚至是幾小時內迸發的，好比Case2最初只設定了「美術社迎新在文創園區解暗號」，接著我在古典音樂欣賞課上心不在焉胡思亂想，決定以畢卡索作為核心。閱讀資料時，意外發現自己對朵拉・瑪爾的感受和故事的基調是有點雷同的，以及他們可以和彌諾陶洛斯作為連結。此外，文中大多數的比喻都是信手捻來，每每轉換為讀者視角重讀，也能讀到象徵背後意外的契合性，比如星星、月亮、太陽。無論是共時性或是潛意識使然，這些無意為之的關聯性，給了我小小的成就感，就像聽到膩的馬斯洛，我的自我實現，憑藉書寫就能滿足了。

萬分感謝編輯齊安，沒有您的話，《褪色與夕色》無法以這樣完美的面貌出現在大家面前，猶記當時收到您的消息時，正巧是我生日那天，實在是最美好的禮物。

感謝遠在日本的寿なし子老師繪製了綺麗詭譎的封面，縱使隔著大海和語言，看著老師的畫卻深切感受到彼此的心思並無距離。

感謝八千子老師為我這個有妹妹罪孽深重的傢伙，撰寫了如此美麗的解說，真的太愛那篇解說了，每讀必哭。

感謝台灣角川與角角者平臺，讓遠離網路創作多年的我能有個適應新時代水溫的環境。

感謝友人宅哥博皓先生為我們翻譯日文書信，拯救日文只剩下讀出五十音程度的我。

感謝益品書屋前副館長珮吟與大學同學兼摯友兼國文教師兼不便透露筆名的耽美作家文容老師，難得暑假還被迫閱讀號稱「輕」文學但實際上不太「輕」的青春故事。

感謝台灣犯罪作家聯會所有的前輩與成員，犯聯是解除我寫作恐慌的重要良藥。從前我曾用「一個人走得快，一群人才走得遠」一類的話試圖「拐騙」一票音樂圈後輩與家眷來做藝術行政與幕後工作，但現在的我相信——「懷有理想」與「方向明確」遠比人數多寡來得重要，每次參與犯聯活動真的都獲益良多、倍感溫暖。

感謝讓先生，百忙之中不僅得擔任第一位讀者，還要為本作製作主題曲，甚至在我坐在全是未拆封紙箱、木屑紛飛的新家，完成這篇後記時，正在賣力洗冰箱。更重要的是，沒有與你相遇，心譽與魔女的故事也不可能誕生。

感謝所有購買與閱讀本作的各位，這是刮下我靈魂一部分碎片釀成的故事，她對我來說很重要，對心譽和萁蘦來說也很重要，而〈九色曼荼羅遊戲〉只是一個起點，強硬的創傷之後，如何復原、療傷、重建才是最關鍵的，如同一座漸漸浮起的環狀島，少年少女的故事仍在前進，如果你剛好也喜歡這個故事，或是這個故事和你的某部分有所共鳴，請不吝於讓我們知道。

即使故事源於一顆星星的殞落，但我相當感激——那年，與前老闆對坐於綠色的平價連鎖咖啡廳談著樂團微薄到不能再薄的薪資時，我緊盯著那雙不斷移開視線、不對稱的小眼睛，認真地應答：「比起正常的薪資，我更希望從中獲得創作的養分。」

也許，我並不是在說給前老闆聽，而是在對未來的自己許下願望。

M.S.Zenky 二〇二三年八月

於沖繩海邊與淡水河畔

【解說】

致驟然而逝的夢想與白骨化的青春——
讀《褪色的我與染上夕色的你：九色曼荼羅遊戲》

（本文涉及關鍵情節描述，建議閱畢全書才行閱讀）

文／八千子

如果我們詢問讀者什麼是「輕小說」，也許十個人會給出十一種答案，因為「輕」這個字太飄渺，她誕生於一個百花齊放的時代，又曾在不同的時間點急遽地收束、趨於單一，我們讓少年少女舉起武器奔赴戰場，又在幾年後要她們待在教室謳歌這個好似只為你一人打造的青春，你永遠無法預測故事的主人翁接下來會被賦予怎樣的使命，所以當你詢問這個問題時，第十個人才會給出兩種答覆。她們按照自己的節奏嬉戲，倘若不能隨著其獨有的旋律起舞，那便無法進入她們的世界，畢竟有時連她們也無法踏足彼此的領域。

同樣，「輕推理」也是。感覺只要冠上這個字首就能讓一切變得鮮活起來，在沒有血腥味的世界裡，輕的定義必然低於二十一克，於是許多人會想起她原本被賦予的名字「日常之謎」。

曾聽過一個真實故事，當一位新人作者詢問前輩該如何寫好推理時，熱心的前輩列出了許多建議，其中一點是「不要寫日常之謎」，彷彿那些我們耳熟能詳的作者都不存在似地，但倘若細想，便能明白如此的建議絕非戲言。因為早在歷史上第一部推理小說將兇手的角色安排給一頭猩猩時，就注定這類型的小說必須永遠與讀者思維站在擂台的對立面。

絕大多數讀者的日常都不與犯罪為伍，而這也是我們從書中追尋非日常的理由，書寫日常的工作往往與讀者的期待背道而馳，所以我們難以書寫日常。一個女孩去巴黎的一間餐館吃午餐，有些憂鬱地托著下巴，望著窗外來往的人流，有人拍了拍她的肩膀，周遭突然響起了薔薇的華爾滋。好奇怪，因為那不是她的日常，現實的她只有一把舊傘，夢想帶著它去巴黎的市街走走，於是她點燃了火柴。如果不這麼做，那她連撐傘的理由都找不到。

推理在輕推理中占據百分之六十六的濃度，所以我們將彈丸填入生活中，等待它發響震耳欲聾的雷聲。槍傷的創口太過鮮明，燒灼的血肉用最生動的方式向你講解悲劇的形式，卻讓人忽略過往記憶留下的傷疤，直至今日傷疤依然在滲血，並不是因為你不會為此感到疼痛，只是它們與你太過貼近，以至於你幾乎以為那是生命中必然存在的美好缺憾，太過理所當然地被理解，這就是日常推理。就像「輕」字的百態，我們說她輕，不是因為她真的值得被輕鬆看待，而是她期望你用最親暱的方式對待她，畢竟她是糖與香料還有淚水製成的派餅。

我想起〈拿著煙斗的男孩〉，明信片背面簽滿了現在聚集於眼前所有人的簽名。……在複雜繁瑣的煩心事背後，每個人都有著他們選擇傷害他人的原因吧。那些選擇與行為中，必定深埋著令大家悲傷痛苦的事物。

——《褪色的我與染上夕色的妳：九色曼荼羅遊戲》

當星期三的魔女揭發美術社事件的真相後，心謍記憶裡的學長姊們形象依然完好，依然是那群願意與他嬉鬧，並在他需要的時候向他伸出援手的可靠前輩。在萁蘐眼裡，那無疑是自我催眠，而她也無法理解，為什麼一個遍體鱗傷的人至今依然選擇理解他人。

《拿著菸斗的男孩》是畢卡索於玫瑰時期的創作，窮盡一生都在摸索創作技法、不停自我突破的畢卡索汲取了多樣的藝術流派，並開拓出他人無法複製的道路。藝術的解讀取決於個人，因為這是一千個哈姆雷特，所以畢卡索之於美術社的意義，也成為讀者玩味的目標。

萁蘿說，社長古依的作品〈曼荼羅〉揭示了她自詡社內核心的傲慢，沒說出口的，卻是她寄託於其中的希望。身為早慧的天才，太過年輕便獲得了他人窮盡一生也無法取得的成就，而在諸多光環的照耀下，她遲遲找不到機會面對自己的缺憾，〈曼荼羅〉不僅是支配，同時也期待自己能如畢卡索一般，擁有盡情探索藝術的機會，「喪失青春的超齡」是世人施加於她身上的稱號，無上的褒美卻也如詛咒般將她和這七個字捆縛在一起，那一刻她的作品連同她的世界也許不再被允許擁有鮮豔的色彩，甚至不被允許擁有青春，心譽的優點不單單只是古依的弱點，也是她的世界中永遠都不會被寄予期待的部分。

魔女看出來了嗎？答案不得而知，但作為〈曼荼羅〉中被隱藏的中心——心譽肯定看出來了。正因他同樣擁有令人妒羨的才能，且又比誰都深愛著繪畫，所以他恐怕是唯一一個有機會理解古依的人。朵拉．瑪爾的鳥籠中留下沒有機會自由翱翔的羽根。或痛苦、或煩憂，除卻自己，沒人有機會真正理解，而當人們有勇氣面對時，彼時此刻的痛苦寂寞也都變成必須一笑置之的回首蕭瑟。

繪畫與音樂，或是色彩與韻律，藝術是巴別塔崩塌後人類唯一有機會相通的語言。畢卡索不是心譽的夢，現在的他更像是在《雨天的巴黎街道》上漫步的卡耶博特，義無反顧地對繪畫抱持純粹的熱情，同時也願意承接一切刺痛他的事物。這是一部講述日常之謎的故事，對有些人而言青春的舞台應該被打磨得圓滑，用淡粉的色彩包裝萬物稍縱即逝的憂傷，將所有的不快都留在更加殘酷的故事裡。但青春不會僅有一種顏色，夕陽下本應無人的教室、扔在房間書桌上的口琴、制服的第二顆鈕扣，蛻去濾鏡的世界一切也許都將不復存在，也可能變得更加鮮明。她飽含著曾經的夢想，溫柔地向你傾訴比任何一樁兇案都還要殘酷的故事，不是因為她試圖訴說一場悲劇，而是因為她講述的，是你的故事，也是我們的青春。

本文作者簡介／八千子

小說作者。興趣是每天早上都去幫一隻花貓拍照，跟雪茄店的奧吉一樣。

我所謳歌的會是浪漫的校園戀曲？

還是憂鬱的青春悲歌……？

《褪色的我與染上夕色的妳》主題印象曲線上收聽！

特邀全方位音樂家李讓 Jang Li 跨刀作曲、演奏、製作！

定價
NT$300
HK$100

縫隙

逢時 / 作者　Kanariya / 插畫

知名編劇作家逢時，大膽融合母愛與邪教命題，打造《咒》後本土全新恐怖殿堂級狂潮！

女社工蘇方琪，察覺近年異常死亡的孩子太多了。她暗自拜訪這些家庭，發現這些孩子的母親都信奉著詭異的「慈母真尊」。信奉此教的母親們，虔誠地希望孩子改過向善，沒想到卻一一面臨喪子悲劇。蘇方琪決心潛入道場，她想知道這個新興宗教來自何方？又為什麼會有這麼多信徒的子女喪生？這是意外巧合，還是被稱作「向老師」的教主向安婕，蓄意為之……？

定價
NT$360
HK$120

一萬個扭曲的祝福1

八千子/作者　Cola Chen/插畫

在這片受詛咒的大地上，人類一旦失去「造化主」的庇佑就會被扭曲成可憎的怪物。

一場滅門血案，讓年僅十四歲的莉茲從修女會的優等生淪為國教廷監視下的孤兒。三年後，以赦罪修女身分重生的她，受命陪同代號「斑鳩」的醫生探訪莫爾赫斯城中每個懷有身孕的婦女。倘若有任何異端的種子試圖萌芽，便用手中的斧頭將其扼殺在搖籃內。同一時間，一場巨大陰謀也正悄悄在城中醞釀……

定價
NT$280
HK$93

解謎前・請投幣

路邊攤/作者　黑書人/插畫

PTT Marvel 版百萬人氣爆文作者路邊攤，帶你補捉都會怪談背後的群眾惡意！單行本收錄全新加寫結局番外篇《7：05》。

一台神秘的報紙自動販賣機突然出現在城市各處，機器內販售著二十二年前的舊報紙，報紙上的頭條，是一樁已經結案的女高中生命案。跟販賣機有關的靈異傳言甚囂塵上，若遇到這台販賣機，一定要買一份報紙才能離開，不然就會被女高中生的怨靈現身索命。

外號「怪談獵人」的作家余亞黎跟暴走編輯郭可宸，為了下一本書的題材，大膽踏上危險的追查真相之旅，但販賣機在每個關係人身上引發連鎖效應，即將掀開事件當年不為人知的恐怖真相……

定價
NT$300
HK$100

推理什麼的不重要啦你要吃章魚燒嗎

夜透紫 / 作者　**ALOKI /** 插畫

解謎的關鍵居然在熱愛章魚燒的少女身上!?
面對離奇案件，身為一名偵探絕不能退縮！

馬歌真同學非常可愛——這是不容置疑的事實！名偵探世家的後人杜振邦如此認定。校園接連出現謎團，杜振邦認真且專業的推理，居然每次都被歌真這個大外行的胡說八道給狠狠打臉！但此時名偵探的親戚們開始調查歌真，懷疑她的祖先在百年前的超自然案件中，帶走了神祕的證物和真相。

定價
NT$300
HK$100

不對稱的臉

芙蘿 / 作者　六百一 / 插畫

當妳面向鏡子，看著最熟悉的那個人，卻發現自己最愛惜的臉蛋逐漸扭曲、變形的時候……該怎麼辦呢？

整形醫師何沐芸的臉逐漸失控；不但左臉與右臉越來越不對稱，還會不自覺地抽搐、冷笑，最後連左半邊的身體都無法控制，頻頻想殺死自己！一場場詭異的惡夢，引領她走向附近的貞節牌坊。整起怪案與百年前牌坊表揚的女子有何關聯？何沐芸必須在左半身殺死自己之前，回溯悠久的過去，查明真相！

褪色的我與染上夕色的妳

九色曼荼羅遊戲

作　　者＊M.S.Zenky
插　　畫＊寿なし子

2023年9月21日　初版第1刷發行

發 行 人＊岩崎剛人
總　　監＊呂慧君
編　　輯＊喬齊安
美術設計＊林慧玟
印　　務＊李明修（主任）、張加恩（主任）、張凱棋

台灣角川

發 行 所＊台灣角川股份有限公司
地　　址＊104台北市中山區松江路223號3樓
電　　話＊（02）2515-3000
傳　　真＊（02）2515-0033
網　　址＊http://www.kadokawa.com.tw
劃撥帳戶＊台灣角川股份有限公司
劃撥帳號＊19487412
法律顧問＊有澤法律事務所
製　　版＊尚騰印刷事業有限公司
I S B N＊978-626-352-626-6

國家圖書館出版品預行編目資料

褪色的我與染上夕色的妳：九色曼荼羅遊戲 /M.S.Zenky 作. -- 初版. -- 臺北市：臺灣角川股份有限公司, 2023.09 -
冊；　公分

ISBN 978-626-352-626-6(平裝)

863.57　　　112005540